Ana Sofia, coragem e alegria

— a menina que não desistiu das palavras —

Adriano Messias

Ilustrações
Julia Jabur

São Paulo, 2022

Ana Sofia, coragem e alegria: a menina que não desistiu das palavras

Texto © **Adriano Messias**
Ilustrações © **Julia Jabur**
Coordenação editorial: **Carolina Maluf**
Assistência editorial: **Marcela Muniz**
Projeto gráfico e diagramação: **Renata Bruni**
Revisão: **Andréia Manfrin Alves**

1ª edição – **2022**

CIP - Brasil. Catalogação na publicação
Sindicato Nacional dos Editores de livros, RJ

M548a
Messias, Adriano
Ana Sofia, coragem e alegria : a menina que não desistiu das palavras/
Adriano Messias; ilustração Julia Jabur. - 1. ed. - São Paulo: Biruta, 2022.
160 p. : il. ; 23 cm.
ISBN 978-65-5651-043-9
1. Guerra Mundial, 1939-1945 - Literatura infantojuvenil. 2. Literatura
infantojuvenil brasileira. I. Jabur, Julia. II. Título.

22-77014	CDD: 808.899282	
	CDU: 82-93(81)	
Meri Gleice Rodrigues de Souza	Bibliotecária -	CRB-7/6439
02/04/2022	06/04/2022	

Edição em conformidade com o acordo ortográfico da Língua Portuguesa.
Todos os direitos desta edição são reservados à Editora Biruta Ltda.

Rua Conselheiro Brotero, 200 – 1º Andar A
Barra Funda – CEP 01154-000
São Paulo – SP – Brasil
Tel.: **(11) 3081-5739** | **(11) 3081-5741**
E-mail: **contato@editorabiruta.com.br**
Site: **www.editorabiruta.com.br**
A reprodução de qualquer parte desta obra é ilegal e configura uma
apropriação indevida dos direitos intelectuais e patrimoniais do autor.

Este livro nasceu do desejo de que um dia nossa espécie
respeite as alteridades.
Eu o dedico aos refugiados de todos os tipos que se
espalham há milhares de anos pelo planeta.
E eles são de várias ordens, sobretudo agora em que
estamos nos portais do Antropoceno: bichos-gente,
outros bichos e plantas.

Adriano Messias

Sumário

Apesar de tudo	7
1 A reviravolta	9
2 A solidão	21
3 O barco	35
4 A ilha	51
5 A travessia	75
6 A morada dos pássaros	99
7 A montanha	121
8 O continente	145
Biografias	158

Apesar de tudo

Esta é a história de Ana Sofia, menina judia que se mudou com a família para São Paulo, pouco antes da Segunda Guerra.

Porém, ela não iria ficar muito tempo no Brasil.

Se não fosse pelos livros que carregava como bagagem obrigatória e por um insistente amor às palavras, teria faltado a ela coragem para enfrentar o que a aguardava.

E se não fosse pelas cores e cheiros dos trópicos que marcaram sua memória, ela não iria sentir a visitação da alegria, sua importante companheira de viagem.

1

A reviravolta

Do Brasil, ela possuía lembranças muito firmes e claras: o sol forte, as árvores carregadas de verde até os pés, as cantigas das lavadeiras, os grandes ovos vermelhos na mercearia, o jornaleiro que gritava as manchetes a cada manhã nas esquinas de São Paulo.

Em meses de janeiro, a quase quarenta graus, os homens de terno gostavam de tomar café quente nos bares e se sentiam importantes por isso. Muitas mulheres ricas ainda usavam vestidos volumosos, carregados em anáguas e babados. Desprovidas de movimentos naturais, ficavam embonecadas e aquilo lhes bastava. Já os rapazes e as moças adoravam caminhar pelas praças de noitinha, os braços dados entre bobices em francês ruim. Achavam-se, claro, os mais românticos do mundo. Só as crianças pareciam gozar de certa ingenuidade: tinham sonhos furta-cor com as vitrines amontoadas de brinquedos cintilantes da rua Direita, e sabiam fingir-se de reis nos castelos das árvores da Mooca, ou de navegadores aventureiros no Tamanduateí.

A São Paulo da década de 1930, assim como o restante

do mundo, estava povoada por muitas pessoas adultas que se sentiam isso e aquilo, assim e assadas. Uma vontade de exercer o poderio e de ganhar sempre iria continuar pelas décadas seguintes, ainda que, muitas vezes, os ternos tivessem sido substituídos por uniformes; as anáguas, por macacões; os chapéus, por capacetes; as praças, por trincheiras.

O pai de Ana Sofia, o casmurro e carrancudo Jeremias, arqueava as sobrancelhas em desaprovação ante os vários estilos de vida que via desfilar por aquela cidade, e dizia que o mundo estava prestes a acabar. Detrás de sua balança e de seus queijos dependurados no teto da venda, ele via tudo mudar rapidamente. Em pouco tempo, foi aberto um cinema na esquina da rua em que ele morava com a família, no bairro do Bom Retiro. Bem ao lado, surgiu uma loja de roupas para noivas. Na terceira casa, uma escola de piano para moças de boa índole. Só então é que aparecia sua estreita vendinha de frontal verde. E, logo a seguir, uma igreja onde eram dadas aulas de canto duas vezes por semana. Aquele pequeno armazém de secos e molhados só existia espremido entre as sonatas sérias, as modinhas doces e os cantos tristes que encantavam as cigarras nas tardes de setembro.

A discreta habitação da família judia ficava pouco além das pilhas de pães ovais e dos cachos de banana, e podia-se chegar à sala de estar passando furtivamente por um portãozinho ao lado do balcão. Para ganharem acesso à residência, as visitas, de forma obrigatória, tinham de adentrar o comércio, onde admiravam a organização das mercadorias sobre as prateleiras e as cores indecisas dos caramelos nos baleiros giratórios. Os rolos de tecidos se desdobravam uns sobre os outros em cortes

variados e, sob eles, as tantas gavetinhas lotadas de passama-
narias, fitas e botões.

Se era dezembro, podia-se sentir o incenso do figo em calda fervilhando no tacho da cozinha de Rute. Em março, o per-
fume das goiabadas que adormeciam nas formas retangulares
de madeira. E, luar após luar, o inebriante feitiço da dama-
-da-noite envolvia a rua, passava pelos narizes dos caminhantes, entrava pelas janelas das casas e fazia as moças sonharem
acordadas. Moçoilas como Ana Sofia, ainda que esta aprecias-
se muito mais as molecagens que aprendera no Brasil do que
os devaneios das amigas mais velhas que conhecera na sinagoga. Ela nunca titubeava quando o negócio era subir em árvores, rodar pião e criar galinholas. Apenas cinco anos após
chegar a São Paulo com os pais e com Ester, a irmã caçula,
ela já havia aprendido o português a ponto de falá-lo
sem sotaque, e se distraía com as mesmas brincadeiras da criançada dos trópicos. Tinha um jeito
despreocupado de lidar com a nova vida. Vida
quente e suculenta, como o
caldo da manga no bei-
ço e no braço.

A boa safra de toda
fruta da época era
uma nota de esperança
à família de Ana Sofia,
pois a venda e revenda
de doces em barra ou em
calda salvava a economia
do lar nos momentos mais

difíceis do ano. Vindos da gelada Holanda, jamais poderiam ter imaginado um lugar em que frutos crescessem com tanta variedade de espécies e sabores. Se alguma sensação tivesse marcado a jovem Ana para todo o sempre, esta seria, sem dúvida, a dos aromas das coisas de sob o Equador que não se encontravam nos recantos dos Países Baixos: o cheiro do abacaxi, que inebriava e portava alegria; o da banana marmelo, que suavizava as horas mais quentes; o do coco, que amornava o fim das tardes; o da melancia, que refrescava a alma; o do caju, que convidava para os dedos-de-prosa; o da pitanga, que a fazia esquecer a alva e dura nudez do inverno.

A vida brasileira era em tudo contrastante com a holandesa. A desorganização das cidades, que se faziam e desfaziam em ruas tortas, em nada lembrava a arquitetura austera e bucólica da cidadezinha em que Ana Sofia nascera: um cantinho da Europa que abrigava, já por séculos, uma comunidade de várias expressões religiosas que conseguiam se entender.

Poder-se-ia dizer que na pátria de Rembrandt, sobre os terrenos baixos assolados por ventos cortantes, erguiam-se não apenas as mesmas casas, inalteradas no decorrer do tempo, mas também os mesmos móveis e as mesmas pessoas. Buscavam elas talvez uma paz inimaginável, que começou a ser frustrada desde o início da Primeira Guerra.

Na Holanda, uma planura esverdeada se estendia da antiga residência de Ana por diversos quilômetros, ao encontro da fronteira alemã, onde prado e céu se uniam. Décadas antes, na juventude de seu pai, o lavandim selvagem e o trigo dourado daqueles campos se tingiram com o sangue dos muitos homens caídos. Jeremias vivera seu próprio quase fim do mundo: durante uma sangrenta batalha nos bosques próximos, o vilarejo em que morava ficou praticamente sitiado. Geograficamente no centro de um campo de guerra, o local foi alvo de tiros e bombardeios, e vários tios e primos de Jeremias morreram em luta. Os moradores jamais poderiam ter imaginado tal panorama em um lugar de tranquilidade, onde apenas as poucas torres de igrejas, dispersas aqui e acolá, tomavam o lugar de outeiros sobre uma terra eternamente nivelada. Somados a isso, os monótonos tons pastel tingiam a floresta, com suas árvores baixas, os riachos que congelavam no inverno e os telhados íngremes das casas: ligeiros azuis, alguns verdes, um pouco de amarelo, mas quase tudo branco-amarronzado. O lugarejo era, pois, uma paisagem endurecida, daquelas que se veem dependuradas em paredes sóbrias em um cantinho dos museus de arte.

Nos arredores, existia uma linha férrea que se esticava como dois traços de lápis preto desenhados em papel. Ela partia da Bélgica. Raramente era visto qualquer comboio passar por lá. A estaçãozinha, mal sustentando a placa com a indicação de seu nome, não possuía bilheteria nem carregadores. Com um pouco de ânimo e montados no lombo de mulas, os habitantes chegavam a Gronau, do lado alemão, onde comerciantes faziam barganhas. Depois de 1918, porém, as coisas se tornaram mais difíceis: a Alemanha se sentiu humilhada pelas nações vencedoras da Primeira Guerra e começou a se alastrar um grande ódio e sentimento de revolta naquele país. Em busca de culpados e traidores, a ideologia política decidiu perseguir os judeus, mas não apenas aqueles: também os ciganos, os comunistas, os homossexuais. Milhões de pessoas acusadas de exibir comportamento antissocial seriam aprisionadas e exterminadas na próxima grande guerra, que abriria suas asas sobre a Europa como um nefasto e gigante corvo.

Em 1933, quando Hitler assumiu o poder no país vizinho, o pai de Ana decidiu que partir para outra terra seria o mais prudente. Afinal, com o crescimento das insatisfações da nação perdedora, a intolerância ultrapassaria também a delicada fronteira. Logo poderia faltar comida e, com ela, também a paz.

Em um fim de tarde, Jeremias saiu ao paço em frente à sua casa e teve maus pressentimentos. Ao longe, na saída do povoado, uma carroça passava em velocidade reduzida. Atada na parte de trás, uma lamparina iluminava um toldo com desenhos coloridos. Dentro do veículo, alguém tocava um acordeão.

O homem caminhou em grandes passos, preocupado com a presença de bandidos. Um misterioso encapuzado que guiava as parelhas de cavalos o saudou sem grande vontade e explicou que ali estavam pessoas de uma mesma família, que já viajavam por semanas. Vinham do sul da Polônia, sem rumo certo.

– Não podem se instalar aqui.

– Nem é nossa intenção. Queremos ficar o mais longe possível da Alemanha – explicou o cocheiro.

Os cavalos empacaram por instantes e o encapuzado desceu para ajustar as ferraduras. Jeremias levou um susto: uma mulher gorda saiu da carroça após abrir uma portinhola. Parecia impossível existir no mundo alguém com roupas mais enfeitadas do que ela. No cabelo, um lenço com franjas ornadas com moedas e, nas mãos e punhos, anéis e braceletes. O rosto sombrio, em semblante pesado, cobria-se de tatuagens.

Foi ela quem lhe ditou um breve fado:

– Você tem de deixar este lugar. Leve sua família para o outro lado do oceano, sem muita demora.

A contragosto, ele teve a mão esquerda puxada com força pela leitora da sorte, que lhe apontou com um dedo o centro da palma trêmula e áspera:

– Aqui não há boa coisa, homem. Mude-se com sua família. Não pense duas vezes. E lembre-se: nesta nossa época, não se deve ficar por muito tempo no mesmo lugar, por mais promissor que ele pareça.

Naquele instante, Ana Sofia chegou correndo para chamar o pai para o jantar. Houve tempo, entretanto, de a garota ver que o rosto da mulher expressava uma estampa de terror. Em segundos, o cocheiro fez os cavalos desatolarem e, sob o poder do chicote, a carroça sumiu pela estrada reta, tragada pela bruma da noitinha como a carruagem-fantasma de um filme mudo.

Ana preencheu o silêncio com perguntas, desconfiada:

– O que essa moça disse, papai? E por que segurava sua mão? O que ela tinha desenhado no rosto?

– Não foi nada de importante, filha... Vamos correr para casa e ver quem chega primeiro.

A menina, porém, jamais iria se esquecer daquele par de olhos muito verdes cercados de desenhos estranhos e azulados.

Jeremias quis distraí-la, ainda na soleira da porta. Tomou-a nos braços e jogou-a sobre o ombro direito como se fosse um pequeno fardo. Ela dava risadas, olhando de ponta-cabeça a boquinha da noite sobre a cidadela.

– Sofia, minha filha, sorria... E coragem! Coragem e muita alegria. Vamos à sopa!

Dias depois, a família de Jeremias partiu. Ele vendeu apressadamente boa parte do que tinha, deixando móveis e vários pertences para trás. Alguns vizinhos e parentes relutavam em acreditar que algo de muito ruim recairia sobre eles uma vez mais. A casa de mais de duzentos anos daquela família judia, com suas duas janelinhas estreitas e bem fechadas como uma velhota a dormir, ficaria, daquele dia em diante, um bom tempo sem despertar de seu sono.

Foi em uma manhã de maio que Jeremias, Rute, Ana Sofia e Ester se puseram a caminho de Amsterdã. Uma viagem cansativa e nada prática, que os fez aguardar muitas horas até embarcarem em um navio que os levaria para Lisboa e, de lá, para Santos. O Brasil, para eles, era o fim do mundo, uma terra infernal da qual pouco sabiam. Por lá, certamente havia índios selvagens que há séculos apavoravam os europeus. E também animais de todas as formas e tamanhos, em meio a povos voltados ao sortilégio e à superstição, e árvores capazes de cobrir um vilarejo inteiro com as gigantescas copas em sombrinha. Afora isso, tinham notícia da existência de algumas cidades litorâneas onde o calor é que ditava as regras dos afazeres de cada um.

"Hans Staden".

"Maurício de Nassau".

"Ouro e café".
"Floresta e índio".
Aquelas eram as palavras sobre o Brasil que traziam na cabeça.

A adaptação em São Paulo foi rápida. Já estava estabelecida por lá uma pequena comunidade de holandeses que os ajudaram a se aclimatar. A mãe de Ana Sofia, porém, localizava esquisitices todos os dias no comportamento dos nativos: como se podia comer tanta coisa em uma única refeição e, horas depois, esbanjar-se em pães e biscoitos com café e leite? Acostumada a uma vida com muitas regras e disciplina, achava os brasileiros exagerados: devoravam tudo o que encontravam pela frente, colocavam mesas enormes para as visitas, que mal tocavam em metade do que tinham à disposição, e soltavam gargalhadas que pareciam rachar paredes, de tão altas. Eram excessivamente festivos, excessivamente briguentos, excessivamente vaidosos em seus hábitos.

As duas meninas da família, entretanto, achavam aquilo tudo muito engraçado. Ester e Ana Sofia chegaram ainda muito meninas. Para elas, tudo corria perfeitamente: a cidade era grande e barulhenta, havia apitos, sininhos, tinidos, estalos, bandinhas, galos cantores e procissões católicas com mulheres de preto se lamuriando em sustenido. As fábricas tinham filas de trabalhadores como formigas cortadeiras indo ao roseiral. Vendedores tagarelas passavam pelas ruas a cada minuto anunciando seus produtos. Nas noites de ópera, mulheres recatadas passavam imóveis dentro de carros pretos rumo ao teatro municipal.

Só Jeremias, um tanto desconfiado com o sinistro conselho da cigana, que sempre lhe martelava na cabeça, perdia enorme tempo pensando e trabalhando, muito mais do que tentando se divertir. Seu jeito truculento de quem se acostumava lentamente à nova cultura, somado aos preconceitos das pessoas ao redor, o fizeram ganhar apelidos pouco simpáticos. Alguns dos frequentadores da seleta venda diziam entre si, em tom suficientemente alto para que ele escutasse do outro lado das pilhas de deliciosos queijos: "judeu", "anarquista", "comunista", "protestante", "ateu", "socialdemocrata", "feiticeiro"... Segundo o ponto de vista estreito de muita gente, tratava-se de termos sinônimos. Por conta disso, aquele homem passou a acreditar que, mais cedo ou mais tarde, independentemente do país em que estivesse, os intolerantes seriam hábeis em mostrar quem de fato eram a partir de suas crenças.

Jeremias costumeiramente dizia a Ana Sofia – que, por ser a primogênita, tinha mais entendimento da vida do que Ester: "Filha, um estúpido sempre deixa um fio de sua estultice por onde passa, como alguém que, ao tentar limpar a lã da blusa, acaba por deixar fiapos sobre a mesa da casa de um amável anfitrião".

Ana buscava ficar alheia aos comentários injuriosos que eram feitos contra o seu pai e o restante da família. Moleca, gostava mesmo era de correr atrás dos bondes, subir em jabuticabeiras e soltar pipas nos quintais dos amigos, perto do Vale do Anhangabaú. Ainda que a mãe desaprovasse aquelas atitudes e Jeremias fizesse ouvidos moucos, a liberdade que a garota sentia valia o enfrentamento de cada olhar torto de um adulto.

Rute, insistente, pedia a Ana que deixasse a rebeldia de lado e aceitasse as coisas como tinham de ser. Afinal, a uma menina não cabia balançar-se em árvores de terreiros de estranhos. Para a bela garota, porém, nada "tinha de ser". Ela construía seus dias, suas manhãs, tardes e noites, ainda que fosse a solavancos de trens, a contragosto de frutas passadas, a golfadas de riso bobo, a ligeirezas de saltos e a pulos de rapazote.

— Sofia, minha filha, você é um colosso! Um continente! — dizia o pai no fim de um dia de tarefas, dando à menina uma lasca de doce.

— Coragem e alegria, não é, pai?

— É, filhota. Que moça linda você vai se tornar...

E se tornou.

Em 10 de novembro de 1937, ela completara 14 anos. Foi também naquele mesmo dia que Getúlio Vargas anunciou um período político chamado Estado Novo. Sua gestão alegava que existia um suposto plano de tomada comunista do poder e, por conta disso, vários suspeitos estrangeiros passariam a ser deportados a seus países de origem.

Nos próximos anos, a família de Jeremias tentou viver da maneira mais discreta possível. Apesar de sua mulher ter sugerido várias vezes que ele se desfizesse do comércio no Bom Retiro e procurasse outro local para residir, fosse no interior do estado ou em um vilarejo no Sul, ele se recusara. Categórico, insistia que São Paulo lhes dava, apesar dos percalços, tudo de que precisavam, e que não iriam abandonar o que lhes garantia o pão e o sossego. Além disso, as meninas estavam bem adaptadas à cultura local e a escola não era distante do lar.

A despeito de sua firme decisão, em março de 1940 uma viatura policial veio lhe mostrar que os rumos da sua vida e da de seus familiares seriam fortemente mudados. De madrugada, a porta do armazém fora arrombada e vários homens vestindo preto levaram Jeremias, a esposa, as filhas e algumas malas para o porto de Santos. De lá, foram obrigados a partir em um navio que rumava para Amsterdã, cidade que, dois meses depois, seria ocupada pelos nazistas. Teria início para Ana, moça inteligente e gentil, em seus dezesseis anos, a provação que lhe faria recorrer frequentemente ao epíteto dado pelo pai: "coragem e alegria".

2
A solidão

Quando o trem partiu, Sofia estava deitada em um matagal. A boca tocava a superfície da lama dentro da qual se empoçavam insetos desesperados.

A cena, que incluía o apito, o início da marcha a contragosto dos viajantes, as mãos se estendendo pelas gretas das janelinhas dos vagões e a lua cheia testemunhando as quase invisíveis cabeças dos soldados que olhavam a todos como leões, ficaria selada em sua memória. Uma imagem-memória em movimento, e de forte crueza, em repetição. Lembrança que apitava forte dor em idas e vindas dentro de seu peito, a solavancos.

A locomotiva iniciou o trabalho de tração. Sofia sentiu uma emoção estranha. A máquina tão horrenda desmanchava-se na névoa como um dragão trôpego arrastando-se com esforço. Veio-lhe um antagônico alívio cheio de remorsos. E de conflitos. Ela engoliu o veredito seco e fatal das palavras em alemão que ouvira há pouco, pronunciadas por um soldado raivoso, ainda que elas lhe resvalassem na pele como bofetadas: "Não tem mais volta".

Mesmo que aquela frase lhe afirmasse o que ela desconfiava fazia algum tempo, Ana preferiu escutá-la a ter qualquer ilusão. A desconfiança dos últimos meses se fez em certeza mediante cacetadas sobre sua nuca lisa e branca. A sombra da morte com condecorações nas ombreiras dos uniformes chegou em sua sala de jantar, na cidadezinha em que nascera, a mesma em que todos aguardavam um milagre naqueles tempos de guerra. Tudo aconteceu rapidamente na hora da sopa, após as orações, em ímpetos monstruosos anunciados por coturnos e ladridos.

Salteadores.

Mais do que isso.

A turba invadiu não apenas a casa, mas o quintal, a plantação, o galinheiro. Eram, pois, ladrões diferentes: comiam da comida, roubavam o calor dos lençóis, invadiam a privacidade dos banhos, ateavam fogo em celeiros. Assassinos que ameaçavam chegar, mais dia, menos dia, ainda que muitos duvidassem. Em bom português, Ana inventou uma palavra-valise: "univerme". E construiu uma frase assim: "Soldados portando univermes condecorados rastejaram para dentro de minha casa".

Aquelas recordações lhe espetavam a mente enquanto ela esperava os soluços da composição férrea se distanciarem. Restou-lhe apalpar a nuca, sentir se o sangue havia estancado e tatear o solo incerto sobre o qual ela havia se aplainado como um molusco. A aragem da noite tinha confundido os fios de seus cabelos, apenas mal desprendidos, graças à fita que se desatara e fora levada pelos ares. Viu esta última presa na haste que fechava a porta de um dos vagões de gado cheios de gente. Dentro deles foram trancafiados quase todos os seus parentes e amigos, com exceção daqueles que, dias antes, iniciaram uma escapada arriscada pelos campos ou dentro de botes, a vagarem ao léu.

Relutante, Sofia descobrira uma maneira definitiva de dizer "não" ao que lhe parecia insensato: aceitar a pior classe de um comboio com a promessa de trabalho em algum lugar distante. Dentre as palavras que colecionaria por um bom tempo, escolheu como primeira aquela que mais lhe pareceu útil no instante de decisão: "coragem".

Quando ela e a família foram expulsas de dentro de casa, Ana acabou sendo empurrada em uma longa fila. Levou uma mala consigo, na qual colocara metade das coisas que desejaria carregar: umas trocas de roupa, objetos pessoais, pão e livros. Mais livros do que comida. Aquela bagagem, entretanto, fora entregue no saguão anexado à breve estaçãozinha, e de lá disseram que seria despachada para o novo lugar em que todos seriam alocados. Houve até quem acreditasse que a guerra estaria mudando e que tudo se resolveria da melhor maneira possível, sem crimes hediondos. A tais crédulos ela chamou de "iludidos resignados". O que as pessoas faziam entre si, contudo, era quase um pacto à moda de um conto da carochinha: acreditavam naquilo que os seus algozes diziam para evitarem o desespero extremo. Já o restante dos viajantes desconfiava de que algo de ruim realmente poderia lhes acontecer, mas que não teriam como fugir ou lutar naquela altura. Só uma pequena parte dos moradores aprisionados tentou reagir ou questionar o rumo que as coisas tomavam. Eles, porém, ficaram como Sofia, estendidos sobre o lamaçal, com as caras bem atoladas nas criaturinhas do lodo. Com uma diferença: estavam mortos. Ana, que ainda respirava, tocava e sentia, poderia vir a tentar fugir mais tarde, e aquilo era o bastante. "Um dia por vez", pensou. E foi assim que decidira agir, olhando para os olhos imóveis de um menino frio que parecia lhe pedir ajuda, estirado a poucos metros de onde ela estava.

"Coragem e alegria", disse em voz muda, apenas dentro de si, para se animar um pouco. E o fez uma. Duas. Três vezes. E o faria até enquanto sentisse tal necessidade e até que o turbilhão dos soldados e as vozes e gemidos de seus compatriotas sumissem para sempre no ar gelado. Junto às palavras, ela se esforçava por sentir mornas recordações: o cheiro do café forte coado na hora, o gosto das goiabas vermelhas, o toque da paina recém-desprendida de uma árvore lhe acariciando o rosto, a cantiga das mulheres lavando roupa na bica, o gingado das mulatas que vendiam cocada e mingau, as diversões dos meninos nos rios. Aquilo amenizava a crueza do barro sem poesia.

Sofia era moça que amava os poetas e precisava dos filósofos.

"Tudo na vida que não tem o consolo das palavras", ela pensava, "acaba fazendo nascer um trauma. Do trauma, vem um sintoma ruim. Uma dor. Uma repetição. A vida sem poesia é pura frieza da neve na pedra. É só pedra. É só neve. A vida não poética é o real. Vida minha, quero enxergar na pedra algo além do minério duro."

Sem desesperar-se, indagava consigo:

"Onde está agora a poesia? Não posso me esquecer dos escritores que amavam o sol, a mata, os bichos, o rio... Foram tantos que li. Desconfio que estão todos aqui. Suas histórias vivem em mim."

Naquele instante que ela jamais iria esquecer, em vez da

neve, em vez da pedra, em vez da lama, finalmente encontrou alguma poesia nos insetos da terra. Eles eram os seres mais cheios de vida naquela noite.

Vieram-lhe de dentro alguns versos de *Juca Mulato*, livro de poemas de Menotti del Picchia, com o qual se deparara há alguns anos em uma livraria do Largo do São Francisco, em São Paulo:

"Tudo ama!
As estrelas no azul, os insetos na lama,
a luz, a treva, o céu, a terra, tudo,
num tumultuoso amor, num amor quieto e mudo,
tudo ama! tudo ama! (...)"

A estação férrea nos arrabaldes de seu vilarejo, erguida ao lado de um dique que drenava a água pantanosa, tinha como espectadora não mais do que uma solitária vaca assustada. Na desolação deixada pelos alemães, desprendida de seu curral durante a confusão das tropas, a ruminante simplesmente emitia um mugido agonizante, quase telegráfico.

No verão, aquele pantanal se cobria de cereais. No inverno, porém, o branco fantasmagórico revestia cada galho, cada pedra, como um manto espesso. Uma vez, antes de ir para o Brasil com a família, Ana se perdera naquele ermo com a irmã, e ambas caminharam até chegar nos trilhos monótonos que se dirigiam à Alemanha. A mãe só encontrou as duas após horas de desespero e busca:

– Vocês foram muito irresponsáveis. Imaginem se um trem aparece. Se são atropeladas. Se alguém as sequestra.

O único trem, entretanto, que Ana Sofia veria passar por lá em toda a sua vida seria justo o que levou consigo as duas mulheres mais importantes que conhecera: Rute e Ester. E, com elas, o pai, homem casmurro que martelou em sua cabeça as duas palavras que a moça perseguiria para sempre.

As malas de todos os que embarcaram ficaram dentro do saguão da estaçãozinha, aguardando a morte lenta: a dos pertences em anonimato, a das blusas que se tocam sem abraçar, a dos livros que não seriam lidos por ninguém. Nunca mais.

Vários soldados, desde a hora que os viajantes aguardavam para serem acomodados nos vagões, se trancaram naquele local em que as bagagens se amontoavam e despejaram pelo chão as roupas e os objetos, como quem esvaziasse baús velhos. Começaram a fazer uma triagem: separavam o que poderia ser reaproveitado nos "campos de trabalho" daquilo que lhes garantiria uma aposentadoria mais gorda. Muitas famílias judias, na hora do desespero, pegavam o que tinham de mais valioso financeiramente e embutiam em falsos bolsos nos próprios casacos e calças. Quase sempre eram joias e dinheiro. Mas nada passou despercebido. E coisa alguma voltaria a seus donos. Ana já havia escutado uma história parecida meses antes, a respeito do que fizeram com amigos de sua família que receberam a promessa de vida nova no sul da Polônia: uma mulher que tentara engolir um par de brincos quase ficou sem a língua. Depois, todos foram colocados em um trem de muitos vagões e não se teve mais notícia daquela gente.

Ana Sofia ganhava tempo esticada sobre a lama, tentando se recuperar de tudo. É que sempre poderia haver algum vigia na retaguarda. As horas que por lá ficou foram suficientes para que repassasse na tela da mente boa parte da vida. Poucas semanas antes, dera-se a chegada de sua família em Amsterdã. Aquilo se passou em uma manhã de tempo muito fechado. Os barcos quase não se movimentavam pelos canais. As pessoas, ao longe, andavam apressadas, fortuitas, com semblantes baixos.

Durante a travessia do Atlântico, ela se recordou que os viajantes conversavam sobre tudo. Sabia-se que o antissemitismo invadira seu país como uma peste e nenhum lugar era suficientemente seguro para viverem. As notícias ruins corriam rapidamente: um homem que trabalhava no convés lhes relatou que muitas famílias judias tinham sido relocadas dentro do próprio país, mas havia também o rumor de futuros envios de prisioneiros para campos de trabalho forçado fora da Holanda.

Após o navio ser atracado no porto, os repatriados foram colocados em longa fila para inspeção de documentos e pertences.

Um antigo conhecido de Jeremias, então oficial do exército, recepcionava os chegados, ao lado de dois policiais. Era feita uma avaliação minuciosa do que cada um trazia consigo. Faziam questão de revistar as malas, as roupas, as intimidades. Esvaziavam baús e arcas.

O oficial olhou de alto a baixo Jeremias, sua esposa e filhas. As bagagens, em grande desordem, já estavam à disposição para que fossem reavidas.

– Você deve se lembrar de mim, não é? Você é o Jeremias, aquele que fabricava bolos numa cidadezinha quase na divisa com a Alemanha?

– Sim, eu me recordo do senhor, claro. Hans Müller, não?

Eu estive algum tempo viajando com minha família. Agora volto para retomar meus negócios.

– Isso é muito bom. Imagino que os trópicos tenham lhe trazido inspiração. Espero que agora façam uma boa viagem para casa. De qualquer forma, não têm nenhum outro lugar para ir. As fronteiras estão bloqueadas e há muita gente querendo se ver livre dos judeus, sabia?

A última fala daquele homem não era cordial, tampouco de aviso amistoso. Tratava-se de uma ameaça carregada de ironia, que se concretizou com um cutucão na barriga de Jeremias feito pela ponta de uma bengala que continha uma suástica dourada em relevo sobre o cabo prateado. Ana Sofia interpretou o que ele dizia desta maneira: "Ratos, fiquem dentro de suas tocas até os raticidas chegarem".

– Senhor, lembro-me de quando nos visitava... Sua mãe vai bem? – falou Jeremias, numa vã esperança de amenizar a situação.

– Os tempos são outros, judeu. E, com isso, mudaram também os objetivos e as relações. Agora, como vê, sou um oficial importante. Vocês podem pegar suas coisas e descer pela esquerda. Eu sei muito bem onde moram. Qualquer dia irei lhes fazer uma visita.

Ao chegarem na antiga casa, encontraram um vilarejo povoado por figuras pálidas: muitas famílias tinham sido fragmentadas e apenas velhos e crianças se ajuntavam no paço onde ainda murmurejava a preguiçosa fonte de água. Alguns dos jovens já casados fugiram com as esposas e os filhos assim que as coisas começaram a piorar, rumando para o sul. Rute teve a oportunidade de abraçar algumas das velhas conhecidas, mas o retorno da família de Jeremias não foi mais do que uma retomada silenciosa do que ficara abandonado. Entrar na umbrosa morada foi encontrar móveis vestidos de fantasmas, sobre cujos lençóis brancos se acumularam ciscos e insetos mortos. Os livros, os vasilhames e os objetos de enfeite estavam nos mesmos lugares, envoltos pelo cheiro pesado do espaço que ficara fechado. A sensação de Ana era a de entrar em um mausoléu: os brinquedos de ontem eram inúteis e pareciam ter pertencido a crianças que nunca existiram. Ester, bem tímida, apenas desvestiu sua cama e deitou-se sobre o colchão. O pai, pesaroso e angustiado, assentou-se em uma poltrona empoeirada e se recordou imediatamente do dia em que a cigana lhe fizera o mau presságio.

Ana Sofia, debruçada sobre o beiral da estreita janela de seu quarto, olhava a chuva que molhava os telhados avermelhados. Distante, alguém que tentava enganar o coração cantava *Hevenu Shalom Aleichem, Que a paz esteja com você*. O fundo musical deu uma triste esperança ao fim daquela tarde. De alto a baixo, onde céu e horizonte se abraçavam, nuvens negras anularam o limite entre os dois reinos: o do firmamento e o da terra. Para ela, aquela imagem se assemelhava à do caos primordial, de quando as coisas ainda não eram e a palavra não tinha se feito para dar sentido ao mundo.

Uma lufada insistente de vento percorreu toda a casa, começando pelos cabelos de Ana. E chegou à poltrona em que Jeremias fingia cochilar. Ele quase brincou de aprisionar com as mãos o ar em movimento. Como um espírito errante, a corrente fria tocou a porta de saída e derrubou no chão uma estrela azul de enfeite. Rute desfazia as malas e Ester descascava batatas. Ana, sozinha, sentia seu corpo tomado pela saudade do Brasil. Ao mesmo tempo, tinha sensações que não entendia: amava o país que a acolhera e, ao mesmo tempo, guardava um ressentimento lancinante por terem sido devolvidos pela terra na qual queriam ter permanecido.

– Coragem e alegria. Vamos à sopa... – brincou consigo mesma, descendo as escadas com seus tamancos velhos e fazendo esforço para mudar o humor pesaroso.

Com o passar dos dias, a insegurança cresceu naquele recanto holandês. Havia católicos e protestantes no mesmo vilarejo, e ninguém se sentia à vontade para conversar sobre qualquer coisa entre si. Cada qual se fechava em seu pequeno grupo. Temiam-se também as delações. Por isso os vizinhos judeus se reuniam todas as noites nos porões da casa do rabino Yussef em busca de alguma solução para os riscos que suas vidas corriam. Traziam mapas consigo, pensavam em rotas de fuga e traçavam um êxodo imaginário para toda a comunidade: um caminho, ainda que muito perigoso, que atravessasse a Bélgica e a França e pudesse levá-los, divididos em pequenos grupos, à ensolarada Espanha, ainda que aquela estivesse ameaçada pela violência franquista. Só assim atingiriam Portugal. Mesmo que assolado pela ditadura de Salazar, o pequeno país era de evidente neutralidade. De lá, poderiam cruzar uma vez mais o Atlântico.

– Hoje, todas as estradas são perigosas. – disse a mais velha das mulheres. – Mas ainda é melhor seguir por uma delas do que nada tentar e permanecer aqui para encontrar a morte.

Ao mesmo tempo em que planejavam a debandada, alguns decidiram cavar um túnel que servisse de refúgio e escapatória para quando os nazistas chegassem. Porque, se havia algo de que tivessem total certeza, era de que tal momento se faria.

Uma noite, ouvindo a rádio BBC, souberam que os nazistas tinham tomado o controle de Amsterdã. Aquela foi a única vez em que Ana Sofia viu a mãe abandonar a mesa da refeição para se refugiar no quarto.

— Vocês que são jovens — disse o rabino, em uma das reuniões secretas — devem guardar consigo este pequeno mapa, que indica um refúgio ao qual dificilmente os nazistas chegarão.

Ele abriu sobre uma mesinha um traçado imperfeito dos pântanos que iam da Holanda rumo à Bélgica. Havia um ✗ marcando um ponto especial, que ele explicou ser um casebre que havia sido usado por muito tempo para pescarias de verão. Ana copiou aquele esboço de maneira reduzida sobre um papel amarelado e guardou-o secretamente em uma pequena bolsa de couro.

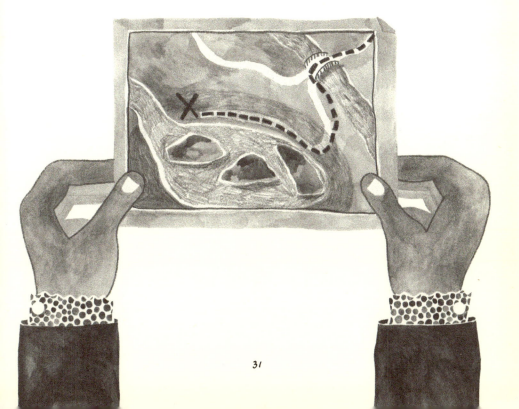

– Não devemos fugir todos juntos – orientou Yussef, esticando a longa barba branca com seus dedos finos. – Grupos menores são sempre menos percebidos. E também devemos pensar na comida que levaremos durante a caminhada.

Todo aquele planejamento fora em vão, porque o inimigo chegou repentinamente, às duas da madrugada, sem dar qualquer aviso. Quando os perseguidos se deram conta, já estavam com suas casas invadidas. Se alguém de fato conseguiu correr até o túnel inacabado e se esconder, não foi possível descobrir. O amigo do passado de Jeremias, o oficial holandês promovido, arrombara a porta de sua casa acompanhado de policiais. Quebraram o que encontraram pela frente. E mesmo que nada houvesse obstruindo o caminho, quebraram assim mesmo, como uma maneira de demonstrar poder e causar pavor.

A cidade se encheu de murmúrios, de discretos clarões de lamparina e dos estampidos das armas de fogo. Os estrondos dos projéteis eram como trovões em uma tempestade, mas ninguém que não fosse judeu se atreveu a sair às ruas para ajudar ou protestar. Em minutos, formou-se uma fila imensa de famílias rapidamente vestidas com roupas de viagem, as quais tiveram tempo apenas para enfiar algumas vestes nas malas e bolsas. A maior testemunha daquele início de horror foi a lua cheia muito amarelada. Por conta daquilo, Sofia lembrou-se das gorduchas mangas de julho que comprava com poucas moedas quando o carro-de-bois passava em sua rua, em São Paulo.

Os soldados que tentavam ordenar aquela enorme procissão de prisioneiros gritavam frases em alemão ou holandês, disfarçando o que de fato aconteceria. Diziam que todos seriam conduzidos em trens até um centro de trabalho onde poderiam exercer suas profissões e cultuar a religião que amavam. As crianças pequenas foram separadas das mães e alojadas em caminhonetes. As mulheres e os homens ficaram acomodados nas carrocerias de caminhões cobertas com lonas. Nada diziam entre si nos primeiros momentos: apenas trocavam olhares e seguravam as mãos. Após alguns quilômetros, desceram do comboio e se aglomeraram na estaçãozinha de trem. Houve um instante em que uma mulher suplicou para reaver o filho, mas tanto gritou e insistiu que foi fuzilada na frente de todos. Aquilo gerou um desespero sem nome. Muita gente tentou correr e fugir, e várias pessoas foram pisoteadas no caos. Durante a turba, Ana Sofia segurou nas mãos de seu pai e tentou puxá-lo consigo. Gritava para a mãe e Ester virem também, mas a desordem não duraria muito. Durante a confusão, ela levou uma pancada tão forte de um dos soldados que pareceu que sua nuca iria rachar. Então, os dedos se desprenderam dos de seu pai e ela seguiu aflita na multidão, cambaleando, crendo que era seguida por ele. Correu em direção ao lamaceiro que existia nos arredores, única paisagem para a qual os que se separaram do grande grupo poderiam tentar fugir. Vários morreram no reduzido percurso de centenas de metros: crianças, jovens, adultos e velhos.

Ana Sofia entrou de vez no meio do mato alto, sem pensar em nada e, ao escutar a repetida braveza de uma metralhadora, jogou-se por terra, supondo-se ferida. Viu muitos caírem ao seu lado, um após o outro, como árvores ocas que tombavam pela força de uma tormenta. Seus olhos vigiavam de soslaio o trem, os vagões, a multidão. Porém, dos pais e da irmã não teve mais nenhuma visão, e aquilo lhe trouxe a dúvida se estariam mortos ou se também fugiram.

Um oficial ordenou que um dos soldados entrasse no brejo e procurasse por feridos. Com a ponta da baioneta, ele cutucava alguns, perfurava outros, mas o atoleiro o fez desanimar. Ao ver que o homem se aproximava muito de seu rosto, a ponto de perceber o peso dos coturnos afundados na lama, Ana enterrou a cara ainda mais, prendeu a respiração e sentiu a ponta de lança afundar na carne mole de seu ombro. Sentiu dor, mas controlou-se em troca da vida. Finalmente ele recuou, reclamando da terra movediça, e juntou-se aos seus.

Ela, a corajosa moça ficara sozinha entre os mortos tentando catar, com as pontas dos dedos, qualquer pedacinho de alegria.

3
O barco

Foi quase ao amanhecer daquela mesma madrugada que Ana Sofia decidiu se levantar dentre os cadáveres e buscar um rumo. Não poderia retornar à sua cidade, também não seguiria os trilhos na direção da fronteira alemã. Ela mal sentia seu queixo e seu nariz. Entrou no pequeno saguão da gare e tomou para si algumas roupas e objetos. Encontrou biscoitos de centeio, batatas, um cantil com água, caixas de fósforos. Também separou livros, os seus e os de outras pessoas, para levar consigo, ainda que eles representassem um peso extra significativo. Embrulhou-os em um bom pedaço de lona e acomodou o pequeno fardo entre as peças de roupa. Afinal, doía-lhe imaginar que poderiam ficar úmidos e desmanchar com o tempo. Queria carregar todos, mas seria impossível. Então, apanhou sobre uma mesinha um tinteiro que transbordava sua negra tinta de carimbo e escreveu em holandês, na madeira da parede externa da estação, com a ajuda de uma meia usada que lhe serviu de pincel: "Aqui há livros! Por favor, salve-os!".

Em seguida, tomou a mala que organizou e saiu célere, ainda bem de manhãzinha, evitando pisar sobre os corpos que se cobriam de neve e atraíam corvos. Ela sentiu que não poderia haver, naquela hora, muito lugar para a alegria, o qual seria ocupado quase que exclusivamente pela coragem. De tal maneira que notou que as duas palavras importantes que seu pai lhe ensinara não caminhavam necessariamente juntas o tempo todo. O melhor seria evitar que ambas estivessem de todo ausentes. Por isso ela desceu a barra do vestido até que este cobrisse quase toda a bota, reforçou seus agasalhos com um sobretudo a mais que encontrara, amarrou um lenço escuro sobre os cabelos desgrenhados e partiu. Nenhum dos mortos era seu familiar, o que não passava de um frágil alento: pairava ao redor a enorme angústia de não saber para onde sua família teria sido levada.

A noite da lua cheia de muitas horas atrás desaparecera e cedeu lugar a um raiar do dia esbranquiçado. Ana tomou o caminho de um riacho que descia manso pelas veredas, mas nenhum passarinho poderia consolá-la. Apenas os corvos, com seus paletós penados, agentes funerários do céu, grasnavam por perto, sinalizando com seus pios feios os que tinham perdido a vida.

Os pés de Ana Sofia afundavam na lama até quase a altura dos joelhos, quebrando a cada passada o espelho de gelo que se cristalizara sobre o solo. O que ela sabia é que, quanto mais para o sul, mais próxima da Bélgica estaria e, com isso, o plano de fuga para a distante Espanha continuava em execução. E, bem incrustado nos Pirineus, um cantinho esquecido chamado Andorra: de um lado a França, do outro, a Espanha. O pacífico principado abrigava pastores e ovelhas, capelinhas românicas e riachos de neve derretida.

"Quem sabe...", Ana pensava.

Ela esperava receber acolhimento na casa de um rabino que lhe fora dado como referência por Yussef. Ele habitava um lugarejo catalão bem do outro lado da muralha pirenaica, após a travessia de Andorra. Ana o supunha, como bom montanhês, dono de um pequeno rebanho, homem honesto e cheio de virtudes.

Durante aquelas primeiras horas, ela caminhava cautelosa, evitando qualquer vestígio humano: trilhas de caça, sinalizações, placas, sons de sirenes. Quando a fome começou a incomodar, ela parou para comer um pedaço de pão. Pensava estar distante de seu vilarejo e, ao mesmo tempo, ganhando terreno. O sono também queria tomá-la, e viu que seria insuportável continuar daquele jeito. Então ela se deitou sobre o casacão felpudo e se ajeitou como pôde, deixando ao lado uma pequena fogueira que mal aquecia seu rosto.

Ficou por horas em um estado de inércia profunda, tendo sonhos e devaneios ora bons, ora ruins. Em um deles, reviveu o dia em que visitara com os pais a sinagoga portuguesa de Amsterdã, a "esnoga", como alguns a chamavam: tratava-se de uma grande construção que, para ela, ainda tão menina, possuía proporções faraônicas. Tudo lá dentro era gigantesco aos seus olhos: os compridos candelabros chorando a cera das velas, os bancos retos e pretos, a importante altura do pé direito. Os judeus ibéricos, chamados sefarditas, foram responsáveis pela construção daquele templo quando tiveram de abandonar as terras peninsulares. Ela também se recordou da confraternização que fizeram naquele dia, dos homens de rostos sérios com seus solidéus, dos belos lenços das mulheres, do intenso sabor de gengibre do *bolus*, uma iguaria para a hora do chá, e das cantigas animadas que outras meninas lhe ensinaram.

De repente, aproximou-se da ciranda de garotas animadas uma jovem muito esguia que colocou uma mão gelada sobre a testa quente de Ana. Uma voz a despertava com uma afirmação breve:

– Está com febre.

Ao abrir os olhos, ela encontrou ao redor um grupo de fugitivos, e, junto deles, a moça do sonho. Não eram muitos: contavam-se uma meia dúzia de homens e um outro tanto de mulheres. E ainda três crianças e um bebê. Estavam com caras muito assustadas e olhavam para os lados a todo instante, desconfiados.

– Dê-lhe este remédio. – falou outra mulher, furando o grupo com seu corpanzil. – É uma pobre moça... Está azul de tão gelada. Coitadinha, será muda?

Ana Sofia firmou uma das mãos sobre o chão molhado para se assentar.

Abaixou-se até ela um belo homem de olhos negros:

– Eu me chamo Josué. Estamos fugindo como você. Viemos de lá. – e apontou o que seria provavelmente o norte. – Você está segura conosco. Quando ficamos sabendo que os nazistas poderiam chegar a qualquer momento, juntamos nossas coisas e pusemo-nos a caminho do sul. Somos de três famílias que já se conheciam. Nossa meta é tomar um barco que nos aguarda alguns quilômetros abaixo, seguindo por este mesmo riacho. Não se preocupe: o barqueiro é de confiança e esse percurso raramente é feito por pescadores. Venha conosco, por favor.

Sem entender direito o que se passava, Ana engoliu uma

pílula que lhe deram para abrandar a febre. Depois, respirou calmamente e perscrutou aquele olhar profundo que a investigava com carinho.

– Não sou muda. – disse olhando a mulher que lhe dera o medicamento. – E estou agradecida por me ajudarem. Também aceito ir com vocês.

Pôs-se de pé, segurou-se em uma árvore e retomou as palavras:

– Sou Ana Sofia.

– Ana de quê?

– Ana Sofia. Coragem e alegria. E isso basta.

Em meio às tantas pernas adultas, surgiu uma das crianças: um menino com não mais do que cinco anos, cheio de alegria e vivacidade: Jacó.

"Coragem eu já tenho desde sempre." – pensou a moça. – "Mas a alegria há de voltar."

Ela abraçou o menininho e ficou contente ao sentir aquele calor. Ter sido achada lhe deu novo ânimo. Ela não se sentia mais solitária e a proposta de um barco iria agilizar o deslocamento rumo às quentes terras espanholas. Seria ótimo ter novas pessoas para conversar. Entretanto, o perigo estava sempre por perto. Poderia os estar rodeando, como matilha de lobos. Cada sombra de árvore ao longe passava a ser confundida com um veículo disfarçado em meio à folhagem, e uma sirene de fábrica soava como o aviso de um possível bombardeio. O coração de Ana Sofia acelerava com tantos sobressaltos. Suas pernas, todavia, é que deveriam governar a andança dali em diante. Ela pisava firme, olhava para frente e carregava sua mala como se não houvesse incômodo.

Apesar da distância de poucos quilômetros, a chegada do grupo até o barco demorou bastante devido às condições difíceis do pântano que beirava o riozinho. Jacó se afeiçoou rapidamente a Ana e passou a andar agarrado à barra de seu sobretudo. A certa altura, ela decidiu tomá-lo no colo e levou-o consigo até que avistaram um pequeno barco atado a uma árvore, muito bem camuflado sob uma lona verde. Em um dos braços, ela aconchegava o garoto; com a mão desocupada, carregava a bagagem. Mas, se tivesse de escolher, saberia que para trás teriam de ficar as roupas e os livros.

Josué, o líder, era um homem de cerca de quarenta e cinco anos. Foi ele quem primeiro se aproximou da embarcação. Antes, porém, pediu para que os demais ficassem em silêncio atrás de algumas árvores.

Ao bater no casco com um galho seco para dizer que havia chegado, teve a resposta do barqueiro, que apareceu até ele muito desconfiado, olhando nervosamente para os lados, temeroso de estar em alguma emboscada. Em bom holandês, ambos trocaram frases breves, até que Josué retirou de dentro de seu casaco uma pequena sacola de pano. O dono do barco abriu-a, tocou os objetos que estavam dentro, ponderou, fez ares de quem esperava mais e, por fim, aceitou concluir o perigoso transporte. Então, Josué acenou aos outros do grupo, que caminharam rapidamente e foram acomodados sobre o convés, tendo o cuidado de se ocultar sob cobertores e ao lado de supostos caixotes de mercadorias. Como parte do acordo, havia também uma refeição rápida, garantida com legumes cozidos e pão. Os fugitivos comeram como se nada mais pudessem ter como alimento nos próximos dias. Enquanto faziam aquilo, o barco se afastava lentamente da margem e atingia o centro do riacho, que se alargava cada vez mais, ainda que a correnteza de suas águas não ganhasse muita velocidade. O motor, pouco ruidoso, dava um tom monótono à viagem.

Josué chamou Ana Sofia para um canto da proa e lá conversaram, em voz baixa:

– O que aconteceu, Ana, é que o barqueiro não gostou do pagamento. Trouxemos mais pessoas do que foi combinado, e ele não queria nos levar pela quantia oferecida. Prometi que enviaria o restante do dinheiro depois.

– E você confia nele?

Josué acendeu um último cigarro que encontrara em um dos bolsos e só depois de algumas baforadas nervosas conseguiu falar.

– Não confio em ninguém. E, se eu fosse você, pensaria também desta maneira. Você deve saber que existem judeus que ganham dinheiro e proteção dos nazistas denunciando fugitivos. São tempos extremamente difíceis, não vê?

Ela ficou pensativa. Depois, para mudarem de assunto, o rapaz lhe perguntou sobre o que havia se passado e ela lhe contou rapidamente sobre a invasão nazista em sua cidadezinha e sobre o incerto destino dos familiares.

As águas calmas recitavam um marulho estranho. Às vezes, era como se elas simulassem um soar abafado de sirenes, ou um movimentar de veículos de guerra, ao longe. A sensação de ser perseguido e correr o risco de ser encontrado fazia parte dos sentimentos dos fugitivos.

– E até onde este homem nos levará, Josué?

– Ele prometeu cruzar a fronteira com a Bélgica e, de lá,

tentar outro curso fluvial que vai desaguar em um rio francês.

– Sei que a França não está em melhores condições do que aqui. Há mesmo quem acredite que os alemães vão tomar aquele país completamente.

– Nenhum lugar é seguro. A não ser que você estivesse do outro lado do Atlântico.

A moça suspirou.

– Sim, meu caro. E era lá que eu estava até tempos atrás... Ainda que não fosse o melhor dos mundos, talvez eu e minha família tivéssemos conseguido permanecer no Brasil, em algum dos tantos rincões que por lá existem. Mas meu pai sempre foi um homem que se moveu por uma teimosia incrível. Ele insistiu em permanecer na casa em que estávamos morando, e acabamos sendo deportados.

Ela relatou os principais momentos de sua história de vida recente ao rapaz e depois o abraçou, agradecendo.

– Tanta coisa tem acontecido ao mesmo tempo que esquecemos a educação. Perdoe-me por não tê-lo dito o quanto estou contente por estar a salvo, Josué. Ao contrário de minha família, que deve estar...

– Imagino. Eles foram levados em um trem, não é? Esses comboios deveriam se chamar matadouros.

A resposta foi um silêncio líquido que percorreu o rosto da moça.

– Ana Sofia, desculpe-me, mas você deve pensar antes de tudo na própria sobrevivência e, só então, tentar encontrar sua família. De preferência, quando esta guerra acabar. Imagino que, mais cedo ou mais tarde, os aliados vão invadir de vez as terras ocupadas por Hitler.

– Meu pai me ensinou a ter coragem e alegria. Imagino que essa foi a ordem que ele encontrou nessas palavras para organizar seu próprio mundo: coragem primeiro, alegria depois. Não sei se ele de fato tomava isso como um lema de vida, mas, para mim, tem funcionado desde sempre. Eu olho para esses bosques escuros e, em vez de sentir o pavor que todo fugitivo costuma sentir, me tranquilizo. Há uma força estranha que me faz continuar. Então, quando estou repleta de coragem, vem-me uma alegria em seguida, como se fosse um vento. Você me entende, Josué? Eu sinto, dentro de mim mesma, aqui, bem no centro do peito, uma suave brisa que surge do nada, me arrebatando com uma inexplicável alegria. Ainda que esse sentimento vá embora rapidamente, ele me deixa cada vez mais cheia de esperança. Por isso acho que não se trata, de fato, de um lema, como sempre desconfiei, mas, sim, de uma equação: coragem mais alegria produz esperança de viver.

Josué estava gostando das ideias da nova amiga, mas o bate-papo foi interrompido por uma pequena colisão. Os que descansavam se levantaram de um ímpeto, notavelmente preocupados, ao que o barqueiro protestou:

– Continuem abaixados, seus vermes! Não veem que corro tanto risco quanto vocês? Foi um banco de lama que nos prendeu. Espero resolver isso de maneira rápida.

Como uma pequena desforra ao xingamento, Ana imaginou outra palavra-valise: "epiderme" com "verme", concluindo que o mal-educado tinha, de fato, uma "epiverme" azulada e cheia de rugas feias, e era com tal aparência que ele segurava o pequeno leme de madeira.

O barqueiro, contrariado, desligou o motor, tomou de um

remo para empurrar a embarcação. Foi ainda preciso que três rapazes descessem e se atolassem até os joelhos para empurrarem o barco que, com muita morosidade, retomou o curso.

— Não confio nesse homem. — sussurrou Ana a Josué.

— E que outra opção temos?

Por toda aquela manhã, seguiram por um percurso brumoso, observando, de vez em quando, os arredores esvaziados de vida humana. Josué trazia consigo um binóculo que o ajudava a inspecionar mais além das árvores. O barqueiro, ranzinza e malcriado, conversava consigo mesmo, segurando o leme como um buldogue que defendesse o osso.

As horas se passaram e a fome era uma presença forte na frágil embarcação. As crianças pediam mais comida e o bebê ameaçava chorar. Ana distribuiu um pouco de seu pão às duas crianças, colocou leite em uma mamadeira e, após acalmar o neném, solicitou mais uma refeição ao barqueiro.

— Não tenho obrigação de encher-lhes a barriga, moça. — foi dizendo, aos atropelos. — Saiba que sou um homem do oceano. Já passei semanas no mar do Norte comendo apenas peixe defumado. Mas aqui não podemos acender fogo, nem parar, senão vamos perder um tempo muito valoroso. O melhor é tentarem dormir para enganar o estômago.

A vagarosidade da navegação incomodava. Em certos trechos, parecia que, se fossem caminhando pela margem, chegariam mais rapidamente do que o barco. De vez em quando, divisavam, por detrás de arvoredos, a fumaça de casebres isolados. Ou uma torre de igreja. Também ouviam sinos. Outras vezes eram buzinas, mas tudo muito ao longe, como resquícios de um sonho ruim. Naqueles momentos, Ana torcia para que o riacho ganhasse mais corpo e a torrente os conduzisse com rapidez ao lugar almejado.

Preocupada, ela contava os minutos. Apesar da rudeza do condutor, a moça não se acovardava:

– Senhor barqueiro, o senhor pode ao menos nos dizer onde estamos agora?

Com muita má vontade, ele retirou de dentro de uma pequena caixa de madeira um mapa daquela região. Desdobrou-o sobre o beiral do visor da cabine e ficou procurando nomes de localidades com um dedo coberto de fuligem.

– O que posso lhe dizer é que ainda estamos bem longe de onde deveremos chegar. Agora saia daqui e vá descansar, garota. Está tudo sob controle.

Quando a neblina da noite ameaçou descer sobre todos, o barqueiro passou a navegar às escuras, em total silêncio, e a embarcação se deixava ir impulsionada pelo motor que ronronava. Alguns dos rapazes tiveram de ajudá-lo, controlando o barco com remos para que não atolasse mais. Josué comentou com Ana que deveriam estar perto de uma cidade maior, e que todo cuidado era necessário:

– Aquela certamente é Maastricht! Vê a alta torre, bem no fundo? Nunca a esqueço. Estive por lá várias vezes com meu pai. Mas não fique empolgada, sequer pararemos. E evite conversar com esse barqueiro rabugento. Não o acho boa pessoa, Ana. Ainda demoraremos muito tempo para chegar à França e não convém nos indispormos com quem controla o barco.

Ela se lembrou daquele nome: Maastricht era a localidade que servia de referência para que encontrasse o casebre de que o rabino tanto falara durante as reuniões que aconteceram antes de os nazistas chegarem. O mapa que ele havia comparti-lhado estava bem reproduzido e guardado dentro de uma bolsa impermeável, atada na parte interna da barra de sua veste.

– Não está lento demais, barqueiro? Se quiser ajuda com os remos, é só falar. – disse Josué, aproximando-se da casa do leme.

A desconfiança entre ambos se fizera desde os primeiros contatos e aumentava à medida que as horas e os minutos escorriam.

– Sei o que estou fazendo, rapaz. Deixe-me quieto e vá cui-dar de sua namoradinha bonita antes que outros cuidem dela.

O barqueiro soltou uma gargalhada que ele próprio teve de controlar para que não ecoasse muito pelo espaço gelado. Josué saiu visivelmente irritado com aquela afronta e pensava que o condutor deveria aprender lições de bons modos.

A escuridão caiu pesada sobre a frágil embarcação. A fome insistente passou a atravessar em definitivo os passagei-ros, como um fantasma azulado, criando imagens de bolos e leite na cabeça de cada um. Uma das moças dividiu um pou-co de biscoitos com os demais, e tentava acalmar as crianças contando alguma história. O dono do barco, porém, avida-mente faminto, abriu sua marmita cheia de gordas salsichas e cheirosas batatas e comeu-as como um porco voraz. Então, saiu na portinha de sua cabine e insistiu para que todos se ca-lassem e dormissem. Colocou uma garrafa com água morna à disposição dos passageiros, dizendo que aquilo os ajudaria a relaxar. Josué sugeriu ajudá-lo novamente, pois um condu-tor também precisava dormir. Mas o velho resmungão se opôs com veemência, chegando quase a empurrar o líder do grupo para fora da pequena cabine.

Ainda que Josué relutasse em dar aquela água aos seus, com ela o sono de fato os tomou, um a um. Aos poucos, eles se espalharam pelo sujo convés, enrolando-se nas mantas e nos casacos. E adormeceram por horas, apesar do desconforto.

Ana Sofia, encolhida como uma coelha, sentia um mal-estar. Era verdade que a febre abaixara, entretanto, ela tivera um sonho ruim. Acordou de madrugada com as mechas dos cabelos desgrenhados se prendendo nas cabeças dos pregos soltos da madeira do piso. Sentiu vontade de ir ao banheiro e pôs-se de pé, a caminhar cuidadosamente por entre os que dormiam. Então, ao olhar na direção da casinha do leme, não encontrou mais o barqueiro. Nem a caixa onde estava o mapa da rota, nem a bolsa em tecido que continha o pagamento pela viagem feito por Josué.

Desesperada, ela percebeu que a embarcação tinha sido, na verdade, abandonada pelo condutor. Ancorada no meio do rio que, naquele local, atingia relativa largura de uma margem a outra, balouçava ao léu. Ana Sofia sacudiu cautelosamente Josué para não despertar o restante dos fugitivos. Ele a seguiu para perto do leme e constatou que não havia mesmo sinal do barqueiro.

– Eu posso seguir a viagem sem ele, não se preocupe, Ana. Sei dirigir vários veículos, entre eles, um barco como este. Não é nada difícil.

Aliviada, ela lhe deu um segundo abraço, sentindo uma vez mais aquele conhecido sopro de alegria vindo de dentro de seu peito.

Um vaga-lume gigante interrompeu o momento de carinho.

A luz que cegava foi centralizada em Ana e Josué, vinda do outro lado do vidro da janela. Estava posicionada em uma das margens e fora disparada de um grande refletor.

– Todos vocês, levantem-se, em nome do *Führer*. Estão todos presos. Não tentem reagir.

Um jipe estava estacionado ao lado de um grande refletor, secundado por uma pequena legião de soldados. Um oficial gritava em holandês com os fugitivos por meio de um megafone.

O barulho de tiros intimidadores fez com que os outros acordassem.

Sobre o convés, o pequeno Jacó, muito assustado, correu para abraçar Ana e, sem o desejar, serviu-lhe de escudo, pois dois tiros acertaram-lhe as costas. Aquilo foi o suficiente para deflagrar o desespero: todos se jogaram na água gelada. Uma das moças pulou com o bebê, enquanto Josué arrastava Ana para a popa. Desceu com ela pelo lado externo, agarrando-se à borda de madeira, até que entraram na água, ficando apenas com as cabeças para fora. Estavam do lado oposto ao dos tiros.

– Vamos morrer congelados, Josué.

– Nade comigo. Venceremos essas águas e ganharemos a margem. E, de lá, se corrermos, conseguiremos nos esconder. Tenha esperança...

– Preciso pegar minhas coisas... Tenho um pouco de comida. Ela ficou dentro de minha bagagem. Não adianta nos refugiarmos na floresta por dias a fio sem alimento.

Ante uma saraivada de tiros, ela retomou as forças e entrou uma vez mais no convés escorregadio. Tomou suas coisas e jogou-as no rio. Pulou em seguida para perto do amigo, mas se viu obrigada a nadar com grandes braçadas, bravamente, puxando com uma das mãos a mala semiflutuante que aconchegava pães, roupas e livros. Por isso não conseguiu saber se Josué estava logo atrás ou se ficara agarrado à lateral da embarcação.

Ana se esbarrava, durante o aflito bater de seu braço livre, em um ou outro corpo que havia sido atingido pelos projéteis, mas não era possível reconhecer de quem se tratava. O rio daquele lado estava bem escuro e o refletor dos nazistas não conseguia projetar sua luz até o nível do espelho d'água. Portanto, sem ser vista, ela se escondeu na primeira moita que encontrou e deitou-se rente ao chão, ainda ouvindo as metralhadoras. Percebeu, assim, que era uma mulher de sorte. Talvez pela coragem, talvez pela alegria, ainda que esta última fosse embora quase sempre e voltasse de vez em quando.

– Quantos eram? – gritou o oficial. – Responda-me. Hein?

A voz chegou do outro lado até os ouvidos gelados de Ana marcada por um incômodo eco.

– Doze, senhor. Creio que eram doze. – respondeu um homem, saindo detrás do jipe.

Naquele momento, ela reconheceu a voz arrogante e roufenha do barqueiro, que foi quem havia respondido ao oficial. Em seguida, escutou o furioso militar xingá-lo e dar coronhadas em sua cabeça.

– Não sabe contar, seu inútil? Nós lhe pagamos para trazer doze. Não foi?

– Mas, senhor, estão todos aí, bem mortos, eu garanto. Ninguém fugiu. Seus soldados mataram a todos, incluindo o bebê.

Ana viu soldados juntando os corpos que ainda boiavam, tragando-os até a margem com lanças e laços atados na ponta de bastões. Revistaram friamente um a um em busca de dinheiro e joias. Depois, amontoaram-nos à margem e atearam fogo na pilha de cadáveres.

– Da próxima vez, faça com que sejam mantidos vivos. Achei que os tivesse adormecido com o sonífero que lhe demos, imbecil. Você não soube aumentar a dose – tornou o oficial a esbravejar.

E, ao dar um sinal com a mão, o oficial ordenou a um dos soldados que espancasse o barqueiro. Depois de muito apanhar, o homem do mar correu assustado para dentro da mata levando uma recompensa dupla: o dinheiro pago pelos fugitivos e aquele que recebeu dos nazistas. Enquanto partia em direção à cidade, parecia ganir, resignado: "Perdão, senhor, perdão... Na próxima vez isso não acontecerá...".

Minutos depois, os nazistas desapareceram como uma horda de diabos no meio do breu.

Ana permaneceu deitada ao lado de seus pertences, exaurida, desejando o impossível: que Josué talvez tivesse sobrevivido para ajudá-la a ter mais vontade de viver.

4
A ilha

– Josué, em seu nome vejo fortaleza. – ela lhe disse, em sussurros.

Amparava a cabeça do rapaz enquanto ele se recuperava do choque sofrido.

– Você deve se inspirar no guerreiro profeta que conquistou Canaã e fez o sol parar com uma oração.

Ao dizer aquilo, Ana estendeu o olhar através do rio até onde o barco fuzilado titubeava como um cadáver ressequido. Ao fundo, na outra margem, a fogueira de corpos levantava as chamas insistentes que iluminavam a paisagem. Tudo ficara lúgubre, como se algum dos infernos de Dante estivesse próximo. Dos soldados, porém, nada restara. Foram embora como chacais mergulhados na bocarra da noite.

O jovem tomou fôlego, apertou a mão da amiga e lhe perguntou como era o Brasil. Ambos tremiam de frio, mas aquela conversa lhes trazia um estranho conforto.

– Imagine um grande país com gente muito diversa, cercado em grande parte por um oceano larguíssimo. À medida que se entra por suas terras, encontra-se o sertão, que é uma grande área menos populosa, mas cheia de vida. De bichos. De rios como mares. E depois... as florestas, que têm árvores altas como catedrais.

– Como catedrais? Mas não quero aula de Geografia, Ana. Quero saber do seu Brasil. O que você conheceu nos anos em que por lá passou.

Ela abriu a mala, retirou uma manta de dentro e cobriu Josué até o pescoço com ela. Depois fez o mesmo consigo usando outro tecido. Só então ela se ajeitou sobre as folhas e os pedregulhos incômodos, buscando a melhor posição para seu corpo, como um cão que se aninha para dormitar.

– Trago daquele tempo, Josué, as melhores lembranças da vida. Morei com minha família em São Paulo. Pense em uma cidade movimentada, com ruas e avenidas que se despedem do centro caótico e vão ao encontro dos bairros onde moram pessoas de vários países. E também de várias regiões do pró-prio Brasil, porque havia os que desciam das Minas Gerais e os que subiam pela Serra do Mar, ou os que venciam o Planalto Central para se aventurarem em São Paulo. Toda aquela gen-te convivia, se amava, se entendia de uma forma ou de outra. Você não faz ideia das cores e dos aromas que por lá encon-trei. Nem das texturas dos objetos, dos frutos, dos tecidos, do couro trabalhado, da cerâmica rústica. Aqui, quando o frio me abraça, gosto de me recordar do calor de janeiro no Brasil, que é de um ardume que estorrica a pele e também a abrasa. Come-se, então, um bom prato de comida que se vende em um largo que havia próximo à casa em que vivêramos. Uma mulher negra temperava tudo com segredos da África. Mil e uma pimentas e especiarias socadas em um pilão de pedra. E, ao se fartar com algo tão quente e picante em um meio-dia de quase quarenta graus, não se esperaria jamais o frescor invadindo a alma: era como se a temperatura do corpo abaixasse e o suor fizesse as vezes de refresco. Suava-se abundantemente e, ao mesmo tempo, sentia-se menos a inclemência da canícula. E aquela mesma mulher, que ainda se vestia com as roupas de sua extinta nação do outro lado do Atlântico, alimentava uma dúzia de garotos sorridentes com o pouco que ganhava ao vender seus guisados. Já as senhoras dos fracassados barões do café comentavam, ao longe, com os narizes empinados: "É uma prostituta". Conversar com a quituteira, porém, fazia com que se esquecesse os piores males do mundo. Eu mesma estive com ela por várias manhãs vendo como preparava aquelas comidas. Você consegue imaginar uma pessoa muito pobre, mas incrivelmente agradecida à vida simplesmente por estar sob aquele sol, naquele dia, ganhando o sustento para dar de comer aos filhos? Em seguida, por trás de sua banquinha e da grande panela que espalhava aromas, passava um vendedor de frutas muito alegre, com enormes bananas em cachos, penduradas nas laterais de um burrinho. Vinha também o carreiro com seu cantante carro de bois carregado de laranjas gordas. E, adiante, um homem torrava e moía café. A poucos passos de lá ficava o lugar do velhinho do acordeão com seu periquito ensinado, bichinho que retirava a sorte das moças enrolada em papel pardo. Ao mesmo tempo, uma mulata muito viçosa, com uma inacreditável trouxa de roupas sobre a cabeça, como a equilibrar o mundo sobre si, descia uma ladeira, vestida em estampados e chacoalhando miçangas. Havia ainda um mercadinho na rua, logo atrás de todo esse cenário, e lá se encontrava de tudo o que existia pelos sertões do sem-fim. Do pequi goiano vinha o cheiro inebriante. Da seriguela tínhamos o caldo açucarado. Da misteriosa Bahia, a manteiga de garrafa. Dos pampas, o mate. Eu amava comprar uma garrafa cheia de uma bebida amada, perfumada e borbulhante que os brasileiros chamam de guaraná. Apesar das diferenças e desigualdades que vi por lá, Josué, eu sinto uma enorme falta daquilo tudo. Porque aqui encontramos a morte, o frio e a fome e, ainda por cima, ficamos quase desprovidos de esperança. Lá, entretanto, ainda que se passe maus bocados, há uma estranha alegria histórica que faz com que as pessoas não desistam de lutar e, por isso, elas vivem. Sim, elas sempre vivem, de um jeito ou de outro. No Brasil, Hitler muitas vezes era motivo de piadas, e nada mais. Sinto mesmo falta de lá, meu amigo. Daquela vida mundana e prazenteira. E a única palavra que me permite descrevê-la agora só poderia vir da língua que adotei também por minha: "saudade".

Josué ficou ouvindo aquelas palavras e tentando imaginar o mundo novo. De repente, não se conteve em dar um beijo nos lábios da moça. Em seguida, apagou-se escutando o desfile de novidades. Sua mão desprendeu-se vagarosamente da de Ana. Os tiros que o acertaram pelas costas fizeram com que deixasse o mundo bem antes do que deveria. Ele, que jamais conhecera outra terra além dos Países Baixos, morrera sonhando com o calor das manhãs dos trópicos.

Impactada pelo desespero, mas movida por uma força interior inexplicável, Ana retornou o corpo de Josué à água do rio e viu-o sendo levado com morosidade pela corrente, até desaparecer na escuridão absoluta.

Depois ela entrou no bosque carregando suas coisas, tiritando de um frio que parecia vir dos ossos, e contrariou qualquer caminho que a pudesse levar ao encontro das luzes da cidade. Somente as corujas testemunhavam sua andança, espiando-a do alto de galhos secos.

A moça decidiu rasgar o vestido na altura da barra, pois era assim que retiraria uma delicada bolsa embutida, na qual colocara o mapa que poderia salvar sua vida. Não parecia difícil encontrar o casebre do qual o rabino Youssef lhe falara. Bastava seguir rio abaixo, pela margem, até ver uma ponte. Claro, se estivesse mesmo na rota certa. Adiante, haveria de começar uma velha trilha de caça que se perderia nos bosques e nos pântanos.

O dia raiava quando Ana sentiu as botas atolarem mais uma vez no lamaçal. A sensação da terra encharcada lhe trazia um grande desprazer.

Caminhara por algumas horas até parar para comer alguma coisa, mas o medo a impulsionava a continuar sem descanso. Finalmente, deparou-se com uma estreita ponte em arco, sob a qual encontrou um caminhozinho de nada, quase uma trilha de veados. Foi adivinhando o percurso, pisando firme em passadas céleres, tomando cuidado para não ser vista por ninguém.

Já estava certamente em terras belgas.

Ana notou que estava em uma região de ilhotas que pareciam flutuar em largo brejo. Um rio menor desaguava em uma laguna e, então, tudo se tornava um pantanal enregelado e escorregadio, o que dificultava o deslocamento.

Estava na trajetória correta, pois, em certa altura, encontrou o discreto casebre com a exata descrição que o rabino lhe fizera. Encontrava-se praticamente camuflado entre ciprestes negros, cujos galhos despencavam até o chão como cãs de velhotas. Mas não se tratava de nenhuma casinha perdida em uma floresta dos contos judeus que escutara quando menina. O lugar tinha até mesmo algo de tenebroso.

Acompanhava-a o receio de estar sendo vigiada e, por isso, tratou de entrar bem rapidamente. A porta baixa e apenas encostada rangeu ao ser empurrada. Ana revistou rapidamente o local com os olhos, fechou-se no casebre, colocou a bagagem no chão e viu que não teria muito conforto. Ainda assim, aquilo era melhor do que ficar à mercê do tempo. Talvez – sonho impossível – ela conseguisse permanecer oculta por lá até que a guerra terminasse.

Tomou uma cadeira e fez com que esta prendesse a porta por dentro. Uma cortina escura e em tecido cru, mal colocada em cada uma das duas janelas, lhe dava mais privacidade. As pequenas vidraças, opacas e enregeladas, apenas lhe permitiam divisar vagamente o que se passava de fora.

"Não. Não é tão ruim esse esconderijo", pensou.

O ambiente em si não passava de um grande cômodo com quatro paredes de madeira que continha ao centro uma mesa, duas cadeiras sobre um tapete e uma tina de madeira para banhos. No lado oposto ao da porta, uma cama e um pequeno fogão com sua negra chaminé. Ao lado dele, dentro de um caixote, se empilhavam vasilhames. Um minúsculo armário guardava ferramentas e objetos de caça e pesca. E só. Aquela casinha, erguida sobre o lodaçal como um homem desvitalizado que tentava se soerguer, desbotava qualquer coisa de

agonizante pelos nós da madeira parda, cheia de cavacos. Nenhum som da natureza era ouvido: nem gorjeio, nem água corrente, nem chuva no telhado. Apenas a neve insistente se acumulava lá fora, tingindo-se com o barro. Vieram-lhe à mente cenas do filme *Em busca do ouro*, de Charles Chaplin, que ela havia visto às escondidas pela fresta da cortina de um cinema de São Paulo quando bem mais jovem. Mas, sem dinheiro, não havia entrado. E, por conta daquilo, conseguiu dar uma pequena risada que a aqueceu por dentro. Rapidamente, fagulhas também brotaram de fora dela: da pequena câmara cheia de fuligem do fogãozinho, alimentada por achas de lenha seca, restos de um inverno passado.

Ana Sofia reposicionou a mesa até deixá-la centralizada sobre o tapete – coisa felpuda e retangular. Sobre a madeira do móvel, espalhou os pertences molhados para que secassem com o calor do fogão.

Refugiada, mas contrariando o delírio de tornar-se diáfana como a bruma ou invisível como a raposa da neve, ela não temeu acender o fogo e deixar a chaminé espalhar suas baforadas de fumaça, as quais subiam para além das copas tristonhas das árvores. Era importantíssimo ficar quente, apesar do risco de ser descoberta.

Esquecida em si mesma, Ana esparramou o corpo sobre o colchão da cama e não pensou em mais nada: adormeceu pesadamente para só acordar horas depois com um insistente e amedrontador barulhinho.

O pesado torpor a levara para um sono ruim, em que vozes e sons de motores de automóvel pareciam vir de longe, aproximando-se mais e mais. Quando ela ficava com medo das terríveis palavras em alemão pronunciadas pelos soldados, as quais se gravaram em sua mente, Ana se lembrava de "coragem" e, em seguida, de "alegria". E foi assim durante todo aquele sonho, no qual ela tentava arrastar consigo a própria família, puxando seus familiares com uma corda impossível de ser arrastada pelo pântano afora.

O ruído persistente, entretanto, fazia-se mais forte.

Ela despertou de vez, notando que aquilo não era produto de seu pesadelo. Abriu os olhos e assegurou-se de que não vinha de fora da morada. Daí, acendeu um fraco lampião e chegou cambaleante até uma das janelas. Viu discretamente que a tarde caíra em cor de chumbo.

O som, outra vez, anunciava-se nervosamente: "toc, toc, toc, toc, toc!"... Aquilo era como um corvo bicando a madeira morta. Ou como a patinha tamborilante de um rato. Vinha de sob o piso, no exato lugar em que o feio tapete se estendia debaixo da mesa.

Ana apanhou às pressas uma faca no armário de utensílios de pesca. Prendeu-a no cós da saia e arrastou o móvel para o lado. Mal liberou do peso a superfície em torno do tapete e o mesmo se fez voar para o lado, como se tivesse vida. Abaixo, havia um alçapão, cuja portinhola se ergueu em seguida e se jogou sobre o chão abruptamente, escancarando a abertura sombria como boca sem dentes.

Ana ergueu o lampião à sua frente, segurando a faca na direção do provável intruso. Uma cabeça loira se elevou da abertura. Depois, iluminaram-se dois olhos verdes bem arregalados seguidos por um nariz bonito, enquanto uma boca vermelha soltou um "ufa" de alívio. E só então o dono daquela face soltou um riso bobo e perguntou:

– Você está sozinha, garota?

Não houve tempo de ela responder: o jovem apoiou as mãos sobre as tábuas do piso e saltou para fora do buraco, como um sapo.

– Já não aguentava mais ficar ali. Ouvi alguém se aproximar do casebre, mas não tive coragem para ver quem era. Por isso entrei nesse esconderijo. É bem sujo e frio lá embaixo. Mina água o tempo todo... E o pior: não tem saída. Um quartinho escuro para caramujos.

Ana Sofia estava bem desconfiada:

– E quem é você?

– Meu nome é Jules. Imagino que você seja judia... pela cor do cabelo... pelas roupas. Mas não tenha medo de mim. Sou tão refugiado quanto você. Meu pai liderou a fuga de vários judeus para a Suíça e, de quebra, minha família passou a ser perseguida pela SS. Cada um de nós foi para um lugar diferente e pretendemos nos encontrar em breve no sul... Bem ao sul. Entenda: do outro lado da fronteira da França com a Espanha. Este casebre parece fazer parte da rota de fuga de vários judeus, não é? Qual o seu nome? E que belo casaco! Pena que está ficando em farrapos...

Ele a tocou de leve, o que a fez recuar ligeiramente.

– Nem é meu esse sobretudo. Na verdade, não sei a quem pertencia... Eu o encontrei na estação de trem, após meus pais e minha irmã serem levados para algum lugar muito longe... Eu me chamo Ana Sofia. Prazer.

– Prazer, moça. Eles também disseram que relocariam todos em um campo de trabalho, não é?

– Sim...

– Sempre a mesma conversa fiada. Acredita quem quer.

– Tem ideia de para onde foram levados?

– Ana, para qualquer lugar. Há cada vez mais campos de trabalho forçado sendo abertos nos domínios do Reich.

Daí, como se a confiança se transformasse em confissão, ela franziu a testa em tristeza e balbuciou, sentando-se na cama:

– Eu preciso achar minha família, Jules. Preciso. Mas não sei o que fazer... Estou, como você, indo para o sul...

– Nem pense em procurar seus familiares agora. Você tem de se proteger. Estou aqui já há alguns dias. Escute: este refúgio não é tão ruim, mas vejo que você fez o que eu não tive coragem: acendeu esse velho fogão. Ai, ai...

E, xeretando as coisas dela, perguntou:

– Trouxe comida também?

– Tenho alguma coisa para comer aqui. Batatas e um pouco mais de pão e de geleia que me sobraram da fuga de barco. E você?

– Rutabagas. Não ria, sei que tem quem não goste. E um pouco de pão preto. A vantagem de se estar aqui é que acho pouco provável sermos encontrados. Então, regozije-se em nossa pequena ilha de paz, Ana...

– De paz. E de umidade. E frio.

– Sim. Nem tudo é perfeito. Eu tenho uma gaita. Claro, não posso tocá-la, seria muito arriscado. Mas posso fingir que estou tocando... E você dança.

– Dançar? Que bobagem!

– Por que não?

– Ora, porque não vejo razão para isso agora.

– Se não dançar hoje, talvez não dance amanhã. Pense que a vida é somente o instante que passa.

– Eu sei disso melhor do que muita gente, Jules. Não é você quem vai me dar lições...

– Pois então, Ana Sofia, finja que está dançando... E eu fingirei que estou tocando.

Ela relutou. Sentiu-se meio boba. Mas recordou-se da alegria ingênua que tantas vezes invadia o coração brasileiro que também pulsava dentro dela. E, por conta daquilo, aceitou o estranho convite.

Como dois bobos, ficaram assentados ao redor da mesa, ocupando as frágeis cadeiras cheias das marcas dos antigos pescadores: talhos e cortes, palavras e datas em relevo.

Ela colocou os dedos indicador e médio de uma das mãos sobre a mesa e representou uma coreografia com eles, enquanto seu novo amigo fazia todos os gestos possíveis de quem estava animando uma festa. Foi nesse contentamento infantil que passaram as horas seguintes. Seus dedos dançaram sobre a madeira velha. Em seguida, os dois rodopiaram pelo cômodo e riram muito. Mais tarde, recolheram um pouco de musgo que encontraram no pântano ao redor. Então, atearam mais fogo para aumentar o calor e assaram duas batatas gordas. Antes de se deitar, apagaram as chamas, deixando as brasas apenas. Partilharam do mesmo colchão e das mesmas mantas.

Aquela foi a primeira vez que Ana Sofia estivera tão próxima fisicamente de um rapaz. Ele dormiu rapidamente, exausto pela tarde em que teve de se manter aprisionado no porão. Ela, porém, ficou olhando para ele durante um bom tempo, até que a chama do lampião quase se apagasse.

Ana fingia contornar com os dedos os lábios do moço bonito.

E foi assim que adormeceu.

Os próximos dias foram de muita apreensão. Ana Sofia e Jules saíam do casebre com muito cuidado, apenas o tempo suficiente para buscar madeira e comida. Em vão, quase sempre, pois o que se encontrava sob a manta do frio belga eram cogumelos e trufas com gosto de terra, bem afundadas sob a raiz de algumas árvores. Esgotada a lenha seca disponível e não havendo nada que pudesse ser usado para se fazer fogo nas redondezas, decidiram que queimar as cadeiras seria a melhor solução; porém, acordaram que a chaminé liberaria fumaça apenas à noite, quando o céu negro a disfarçaria. Durante os dias, brancos e luminosos, seria impossível correr tanto risco.

Na tarde em que Jules resolveu desmontar o pequeno armário de ferramentas para também aproveitar suas tábuas para obter calor, encontrou em seu fundo, bem atrás de uma sacola com linhas e anzóis, o protótipo de um rádio galena, capaz de captar emissoras sem o uso de energia. Ligado a ele, havia um imenso fio que saía pelo telhado e tinha sido bem esticado entre as árvores em uma extensão de centenas de metros. Durante a noite, portanto, os dois sintonizavam a BBC, e era assim que obtinham informações sobre a guerra. Nem sempre as melhores. Falava-se de avanços militares alemães e do descumprimento de antigos acordos feitos no final da primeira grande guerra daquele século.

Abril chegara, mas a primavera, que deveria fazer a vida retomar seu rumo com florescências e rebentos, mostrava-se lerda e descompassada desde o mês anterior. Era como se o inverno daquele ano não quisesse partir.

Certa noite, Ana e Jules souberam que o exército nazista havia ocupado a Dinamarca e invadido a Noruega. Certamente, um dos próximos passos de Hitler seria a Bélgica, a Holanda ou o pequeno Luxemburgo, se bem que o terror das tropas alemãs já se fazia por toda parte, como se a Europa Ocidental fosse uma terra de ninguém. Novas invasões eram uma questão de tempo.

A comida que mantinham na cabana não iria durar por mais de uma semana. Em seguida, teriam de sair e buscar o que comer. Como Jules não era judeu, se tivesse sorte, conseguiria comprar alguma coisa no vilarejo mais próximo, distante uns cinco quilômetros de onde estavam. Foi por isso que, quatro dias depois, ele tomou a decisão de se arriscar na empreitada. Ana temia por ele e por si mesma. Se a presença do rapaz viesse a despertar desconfiança em alguém, Jules poderia ser seguido até o esconderijo.

Defronte à cabana, ele acariciou o rosto da amiga e se despediu com ternura:

– Levarei pouco mais de uma hora para chegar à cidade, Ana. Comprarei o que puder e retornarei tão rápido quanto o vento. Apenas para que nos certifiquemos de que tudo corra bem, daqui a duas horas entre em nosso porão secreto e só saia quando eu chegar e lhe disser que está tudo seguro ao redor.

Com passos rápidos, Jules partiu disfarçando seus medos.

A moça permaneceu em pé na saída do casebre, apreensiva e confusa, com mil ideias corroendo-lhe a imaginação pesada.

Após ver a cabeça dourada do amigo sumir por entre os galhos do arvoredo cinzento, ela entrou, encostou a porta e se olhou longamente no pequeno espelho. Naquela mirada, teve a percepção de que estava mais velha, mais cansada. Porém, um banho quente poderia salvá-la temporariamente do senti-mento de desamparo. Quase colocou água para esquentar no fogãozinho rústico, mas não teria coragem de quebrar o pacto que fizera com Jules: nada de fumaça escura saindo pela cha-miné durante as horas de luz do dia.

Recostou-se na cama e ficou encolhida como um bicho. Naquela hora que lhe pareceu extrema, refez mentalmente os caminhos das desventuras da última semana. Estava preocu-pada com os pais e com a irmã, e suspeitava que não conse-guiria vê-los novamente. Quando em sua cidadezinha natal, ouvira de tudo um pouco sobre as atrocidades que os nazistas tinham cometido nos últimos tempos. Não havia motivos para acreditar que seria diferente com os seus familiares. A moça pensava que milagres vinham em outra roupagem que não a do desejo humano. Eram, para ela, algo muito mais do plano do mistério das palavras do que do capricho divino.

– Milagre sou eu, Ana Sofia, coragem hoje; amanhã, quem sabe, alegria. – murmurou consigo mesma, titubeante em dor-mir ou em ficar em alerta.

Pensava no Brasil, em São Paulo, no Bom Retiro, e revi-via as emoções soturnas de quando o pai e o restante da fa-mília eram xingados. Seu coração, dúbio como a vida, estava saudoso e, ao mesmo tempo, indignado. Apesar de tudo, queria retornar.

Na hora combinada com Jules, ela abriu o alçapão e desceu ao úmido compartimento sob o casebre, levando consigo apenas uma manta e uma batata cozida. Contrariando o asco que sentia do cubículo, fechou-se lá dentro. Os ouvidos estavam atentos: pareciam escutar mais do que de fato deveriam. O tum-tum do coração acelerado fazia parecer que, ao longe, tropas vinham marchando em ritmo firme. Qualquer ruído estranho era como um galho seco sendo quebrado por pés invasores.

Então, lentamente, um pequeno rato preto muito orelhudo escalou suas pernas. Ele a olhou com consternação e partiu célere com os bigodes enregelados para sua toca profunda. Ela não sentiu medo algum. "O pavor quase sempre é imaginário. O difícil da vida é quando ela nos deixa traumas, que são marcas tão duras que não entram na ciranda das palavras", pensava.

Jules não voltou dentro do tempo previsto.

Passaram-se várias horas.

Ana estava entediada e muito ansiosa em seu calabouço. Continuava a tentar desvendar os sons que vinham do lado de fora: do pântano de lama negra e neve barrenta, ou do sussurro abafado do vento entre as árvores. Aquilo a fazia prender a respiração. Outras vezes, ela tinha certeza de flagrar um tropel de soldados, e a noite de terror em que se separara de sua família lhe voltava insistente dentro da cabeça, na tela taciturna das lembranças. As botas sujas dos soldados, as fardas amassadas e os olhos inexperientes dos rapazes que se acreditavam os novos heróis do mundo se desenhavam em sua memória.

De repente, veio junto ao delírio auditivo, acusmático, o chamado da voz suave, às vezes melancólica, de Jules. Ela não titubeou: saiu de sua toca e espiou pela janela. Triunfante, ele se punha em pé sobre o lombo duro de um pequeno cervo abatido. Ao lado, descansava o saco de compras.

Ana correu ao seu encontro, apreensiva e aliviada ao mesmo tempo. Abraçou-o rapidamente e o ajudou a colocar tudo dentro da choupana.

– Fiquei muito preocupada com você, Jules... Nem imagina o inferno que é permanecer sob essas tábuas ouvindo fantasmas e tecendo recordações... Parecia que eu acabaria por morrer lá dentro, feia, velhota e fria.

Depois, menos pesarosa, ela quase sorriu ao ver a caça estendida sobre o assoalho. A cabeça do bicho estava em uma curvatura pouco natural, a qual terminava no elegante pescoço.

– E que história é essa de caçar uma corça?

Jules recobrava as forças da longa jornada deitado na cama.

– Eu estava caminhando pela trilha quando vi um grupo de cervos. Consegui emboscar este menor e matei-o com minha faca. Trouxe sal lá do armazém. Podemos preservar a carne...

Ele quis abraçá-la. Depois, quem sabe, beijá-la. Viu, porém, que a amiga repentinamente ficou muito triste pela morte do animalzinho.

Jules foi até o lado de fora espalhar um pouco de folhagem e musgo sobre as marcas de sangue que ficaram na terra molhada. Interceptado por um discreto clarão entre as nuvens, olhou para o céu e sentiu que a primavera de vez chegaria, levando embora a neve esparsa. Com isso, haveria um verdadeiro degelo: os rios e lagos ficariam mais cheios de peixes e os frutos silvestres dariam nas árvores até caírem gorduchos pelo chão. Por outro lado, as vias e as trilhas quase ocultas pelo inverno estariam mais povoadas por caçadores e, por que não, por soldados em busca de judeus fugidos.

Quando voltou para dentro, Ana Sofia, assentada na cadeira velha, remexia o saco de mantimentos.

– E como tudo se passou no vilarejo?

Ele não conseguiu disfarçar no semblante que algo estranho ocorrera. Inclinou-se próximo a ela, fazendo uma espécie de genuflexão para ajudá-la a retirar as coisas do saco, e foi narrando:

– Não queria contar a você, mas preciso... Sabe, Ana, as pessoas andam muito desconfiadas por todo aquele lugar. Vi uma meia dúzia de soldados da SS na porta da agência do correio, ao lado de um jipe nazista. Estavam descontraídos: fumavam e riam muito. Nem pareciam aquelas feras que já conhecemos. Porém, as casas de famílias judias estavam abandonadas e marcadas com estrelas de Davi pintadas nas portas. Fiquei temeroso e decidi entrar no primeiro mercado. Comprei um pouco do que ainda estava disponível e tive a sorte de ninguém me fazer qualquer pergunta... O que pude trazer está aí.

Ana ficou intrigada com aquela história:

– Nem perguntaram quem era você? Tem certeza de que foi apenas isso, Jules?

O amigo respirou fundo.

– Bom... tenho de lhe confessar que houve um momento em que me senti vigiado. Notei que um rapaz do lugarejo me olhava ao longe, interessado em tudo o que eu fazia. Daí, dobrei uma esquina e tentei despistá-lo. Peguei outra rua para tomar o caminho que daria na floresta, e lá estava ele: incólume como uma estátua, observando-me. Acho que ele pegara um atalho para me surpreender. Seu olhar era ameaçador, Ana. Havia algo de enigmático em seu rosto. Ele tragava o cigarro lentamente e me perseguia com os olhos. Não tive outra alternativa a não ser passar bem perto. Então, ele levantou a boina e me cumprimentou em silêncio. Retornei a gentileza e continuei meu percurso sem olhar para trás. Somente após retomar a trilha do bosque é que pude me certificar de que ninguém estava em meu encalço.

– Você correu um grande perigo.

– Há sempre riscos, afinal, quando se visita uma cidade desconhecida, nunca se sabe quem nos olha pelas vidraças embaçadas... Não dá para viver se escondendo o tempo todo.

Ana o escutava enquanto retirava do saco os pequenos pacotes e os enlatados para guardá-los no armário.

– E você ouviu alguma conversa sobre a guerra? Leu alguma manchete de jornal sobre o balcão do armazém?

Ana estava aflita, mas escondia muito bem seu desassossego.

– Não, minha querida, não houve tempo para nada disso. Eu lamento. Passei por uma barbearia abandonada onde alguns jornais empilhados sobre uma mesinha quase me convidaram a entrar, mas seria um excesso de exposição de minha parte. Pelo menos agora temos carne por um bom tempo, alguns legumes, farinha e biscoitos... Vou cortar a caça, salgar os pedaços e dependurá-los sobre o fogão. Comida defumada não estraga fácil.

A moça o admirava. Entrava com entusiasmo pelas profundezas daqueles belos olhos um tanto entristecidos.

— Você sabe muitas coisas, Jules.

— Meu pai me ensinou todas elas. Aprendi a caçar, a pescar, a preparar a comida... Tudo com ele.

Em seguida, ela suspirou ao ver uma vez mais a presa abatida.

— Fico muito ressentida por esse animal que teve a vida sacrificada.

— Não pense assim. Eu agi como quem precisa sobreviver a todo custo. Acha que fiz mal?

Ela preferiu não responder. Ambos se assentaram sobre o assoalho, perto do pequeno veado que não mais sangrava. Viram de perto seu delicado corpo, pensaram em sua família, na liberdade que ele tivera um dia. E choraram.

Aquela noite chegou tranquila, deixando seu véu de brumas encobrir a floresta meditativa.

No fogão do casebre, parte da caça cozinhava lentamente com algumas batatas.

Ana apanhou um livro para que passassem o tempo. Tratava-se de um título que muito lhe chamara a atenção, e por isso ela o trouxera consigo desde São Paulo: *Inocência*, de Visconde de Taunay. Como estava em português, caberia a ela traduzir a história para Jules, o que conseguiu fazer de maneira heroica.

Com a voz muitas vezes pausada, como quem procurasse o melhor sentido para o que lia, ela desbravou com o amigo boa parte do interior brasileiro:

"Ali começa o sertão chamado bruto.

Pousos sucedem a pousos, e nenhum teto habitado ou em ruínas, nenhuma palhoça ou tapera dá abrigo ao caminhante contra a frialdade das noites, contra o temporal que ameaça, ou a chuva que está caindo. Por toda a parte, a calma da campina não arroteada; por toda a parte, a vegetação virgem, como quando aí surgiu pela vez primeira.

A estrada que atravessa essas regiões incultas desenrola-se à maneira de alvejante faixa, aberta que é na areia, elemento dominante na composição de todo aquele solo, fertilizado aliás por um sem-número de límpidos e borbulhantes regatos, ribeirões e rios, cujos contingentes são outros tantos tributários do claro e fundo Paraná ou, na contravertente, do correntoso Paraguai.

Essa areia solta e um tanto grossa tem cor uniforme que reverbera com intensidade os raios do Sol, quando nela batem de chapa. Em alguns pontos é tão fofa e movediça que os animais das tropas viageiras arquejam de cansaço, ao vencerem aquele terreno incerto, que lhes foge de sob os cascos e onde se enterram até meia canela."

Ainda que não tenha conseguido avançar mais do que uns poucos capítulos em sua aventura literária, aquela foi talvez a mais delicada das noites que Ana tivera em muito tempo.

– Você parece quase alegre... – comentou Jules, que então se fartava de nacos de carne.

– Penso que a poesia de fato nos salva, Jules... Poesia como palavra. Como aquilo que busca falar do não dizível. Eis uma coisa que Hitler não pode tirar do mundo. Quando olho o fogo crepitando e vejo mais do que fogo nas brasas, é isso o que conta. É isso o que vale. Ou pensar que este casebre é outra coisa além de um refúgio provisório. Este é nosso lugar, Jules, meu e seu... Um lugar de histórias encontradas em um tempo de desencontros.

— Nosso "sertão", Ana?

— Por que não, meu querido?

Jules entendia muito bem as palavras da amiga, ainda que ele próprio fosse muito mais prático do que reflexivo.

Por fim, aconchegou-se ao lado dela para ouvir mais da romântica narrativa sobre um naturalista alemão que se apaixonara por uma cabocla.

Em certa altura, ele levantou a cabeça e olhou dentro dos grandes olhos de Ana Sofia para lhe dizer:

— Por muito tempo, achei que o Brasil fosse não mais do que uma ilha perdida nos mares do sul...

— Acredite, é um continente. Tão grande e tão vasto que nem em uma vida inteira eu conseguiria desvendá-lo. A ilha, meu amigo, é esta casinha quase flutuante na qual nos escondemos.

— Quando eu era criança, Ana, costumava escutar alguns de meus vizinhos holandeses e alemães dizerem que os judeus eram maus, feios e sujos... Que o fracasso da Alemanha durante a guerra que terminou em 1918 serviria de exemplo para o restante do mundo não confiar em não-cristãos. Eu tive um amigo, Micah, que foi levado pela SS há alguns meses. Foi o melhor companheiro que a vida me dera, e sei que provavelmente não terei outro como ele. Era dedicado, espirituoso e muito presente. De forma alguma demonstrava ganância ou avareza. Entretanto, só Deus saberá por onde ele anda, caso esteja vivo. A sinagoga que Micah frequentava foi totalmente destruída.

Depois, respirando fundo, Jules retomou:

– Meu pai me falava de vários campos de trabalho que surgiam em vários locais do Reich, para onde os judeus eram levados em massa... É o que deve ter acontecido com seus familiares, não é, Ana?

Ela se levantou para aquecer água para um chá. Pensou por instantes, imersa em uma quase escuridão.

Ele então lhe contou sua história de um rapaz belga católico criado ao redor da batina dos padres e temeroso do inferno. Debulhou a história de sua parentela, pobre em tudo, nobre em nada, apesar de viverem ao lado de um castelo em ruínas.

Quando o chá estava pronto, Ana falou:

– Que ilha desoladora somos nós, não acha, Jules? Nós, humanos, insulados em nossas ideias. Em certezas vãs. Em verdades mentirosas.

No espelho dependurado na madeira seca da parede, ela se deparou com os próprios olhos. Parecia não haver mais nada ao redor deles: nem profundidade, nem textura. Mais ao fundo, no lugar do brilho do fogo que vivera das brasas, não se notava mais do que o incômodo vazio do assoalho do casebre depauperado. As labaredas que cozinharam o jantar diminuíram rapidamente e, onde houve clarão, havia só penumbra.

Ao lado do fogãozinho, estava a cama na qual Jules repousava embodocado, quase adormecido.

Ana teve enorme vontade de abrir a porta, sair ao relento e gritar. Ou de se lançar em correria sem rumo pela floresta, a perder-se no barro, a afundar-se na lama. Acalmou-se, porém, ao segurar a cabeça com as duas mãos de maneira bem firme.

Agachou-se em seguida e disse consigo mesma contendo um pranto:

— Nem sei mais se estou viva ou morta.

5
A travessia

A nova manhã se fez tão ensolarada que não se teve mais dúvida da despedida final do inverno.

A primavera, entretanto, chegava a passos precavidos. Não existiam ainda brotos para se abrir em flores, nem alevinos na linha d'água, tampouco girinos nas poças irregulares.

Ainda que os presságios da natureza fossem bons, Ana duvidava de um breve fim daquela guerra.

Jules, porém, entretido em uma espécie de idílio platônico pela moça, arriscava-se uma vez por semana a ir até o vilarejo em busca de mais comida e de notícias. Estava talvez embriagado pelas leituras românticas das compridas noites, quando escutava sobre os personagens da literatura brasileira e se encantava por suas peripécias. De Peri e Ceci a Dom Casmurro e Capitu, tudo era diversão e novidade para ele.

– Seu coração é bom, meu amigo. – sussurrou Ana certa noite em seu ouvido já desligado das narrativas.

Jules dormia fácil e, cada vez que o fazia, ela o brindava com um beijo roubado.

Nas empreitadas de ir e vir do armazém, ele dizia a Ana

não ter visto nunca mais o rapaz que o observara de maneira incômoda da primeira vez. Mas mentiu. Na segunda vez, ele fora perseguido até a entrada da floresta e pediu que o outro o deixasse em paz. Então, vagaroso e persistente, o rapaz da cidade achegou-se a Jules e pediu-lhe cigarros. Chamava-se Peeters e ajudava o pai em uma modesta sapataria. Os dois estranhos ficaram conversando por uma meia hora, não mais, detrás do tronco de um cipreste calvo e de negro tronco. Ninguém os vira.

Nas próximas vezes, porém, Jules não encontrou o compatriota, mas não havia como ter certeza de que não era vigiado. Todas as vezes em que de lá voltava, tomava uma trilha diferente para chegar ao refúgio. O dinheiro que tinha iria se esgotar rapidamente. Logo, ele e Ana não teriam mais recursos para sobreviver, a não ser pela sorte da caça e da coleta de algum fruto temporão.

Ana Sofia não tinha como saber, de fato, o que se passava no coração do amigo. Ele olhava para ela com muita intensidade e sempre repetia que a estimava muito. Apesar de corajoso em muitas coisas, não teria a ousadia de tocá-la e, se a amasse, guardaria aquilo para si, no armário secreto do peito.

A amiga, entretanto, fugia dos pensamentos puramente românticos para analisar as possibilidades de sobrevivência: em primeiro lugar, a fuga do casebre parecia inevitável muito em breve. Depois, a experiência de um talvez primeiro amor parecia roubar-lhe parte das energias. Assim como a coragem estaria para o desterro, a alegria estaria para a carência. Contudo, ela achava ser preciso amar a Jules de fato, e não de forma circunstancial. Mas como se ama de fato aquilo que não se aprende, o que não permite ser segurado? Para Ana, tal como o vento em suas andanças, tal como as estrelas em sua cadência, o amor não se permitia agarrar.

Coisas estranhas se passavam na mente ágil da moça a todo instante, como se ela acomodasse, em sua geografia de mulher, um clima indeciso que se alternava entre chuvoso, frio, seco, caloroso e úmido. Tudo em um mesmo dia.

Já seu amigo, retilíneo como o caminho que fazia nas suas idas à cidade e precavido como as trilhas aleatórias que tomava na volta, não demonstrava nenhum sentimento que ultrapassasse uma fraterna filia.

Assim, ambos, como nos livros do romantismo brasileiro que Ana fizera questão de colocar em sua mala, eram carregados de sentimentos sigilosos e incompreensíveis, que muitas vezes espelhavam os movimentos da natureza.

Ana, as quatro estações.

Jules, os quatro pontos cardeais.

Durante as noites seguintes, ela lhe traduzira em deliciosos momentos de leitura *O tronco do ipê*, de José de Alencar, romance em que um rapaz chamado Mário sofria de amor pela prima Alice.

A imagem do ipê frondoso da fazenda em decadência e os tantos tipos humanos brasileiros sempre embalavam Jules em um sono bom.

"Mário, conhecendo a força de atração do abismo, imaginou que Alice ia precipitar-se; o seu primeiro impulso foi chamá-la e preveni-la; mas ele tinha às vezes instintiva repugnância por essa menina, a quem envolvia na aversão que votava ao barão e a quanto lhe pertencia. Nisto, por um fenômeno muito natural nos momentos de emoção, as impressões atuais se travaram e confundiram com as recordações do passado, produzindo uma espécie de nimbo moral, meio visão, meio realidade. Desenhou-se em sua imaginação, como um lampejo, a cena da morte de seu pai, tragado pela voragem, enquanto o barão de pé, na margem, sorria com orgulho. No fundo desse quadro, como disputando-lhe a tela e transparecendo através da primeira cena, a fantasia do menino via Alice por sua vez tragada pelo boqueirão; na margem, o barão sucumbindo ao peso de tamanha desgraça, e ele, Mário, em pé sobre o rochedo, sorrindo-se como o anjo da vingança. Nesse momento ouviu-se o soluço profundo da onda. Alice, atraída pela vertigem, acabava de precipitar-se."

Ana Sofia, nos sonhos do rapaz, era sua Alice. Era ela quem restava de olhos abertos, ouvindo o som da ventania entre os galhos encrespados toda vez que seu amigo fechava os olhos e deslizava para um dos cantos do colchão.

Ana, quente e úmida, ora brumosa e garoenta, nunca era árida.

Jules, bem orientado, ainda que sem norte, era um rapaz-bússola.

Mesmo que as tantas leituras os tornassem cúmplices de um amor silente um pelo outro, a sobrevivência ressoava mais forte.

Os dias de refúgio teriam de terminar.

Era preciso partir.

Na manhã seguinte, ela comunicou com firmeza uma decisão que fez a musculatura da face de Jules contrair-se discretamente.

— Mas a primavera está bonita, Ana. Confie em mim: a BBC logo vai noticiar que a guerra terminou e os países do

Eixo capitularam.

Ela estava indócil, obcecada. Fazia apressadamente a própria mala e pensava em partir no próximo entardecer.

– Não quero mais ficar aqui como uma rata envergonhada, prisioneira nesse pântano. Preciso ir para a Espanha, onde o amigo do rabino de minha comunidade pode me ajudar...

Com aquela atitude, Jules sentiu um enorme desalento. Quase uma desfeita. Queria ficar. Insistia com ela. Até pegou docilmente em sua mão, tentando impedir que a companheira ajuntasse as roupas.

A discussão continuou até que a porta do casebre foi empurrada com força de fora para dentro, batendo estrondosamente contra a parede. Aquilo interrompeu-lhes a dolorosa cena do dilema entre ir e ficar. Naquele momento, quando a mente humana fantasia o pior durante uma eternidade aprisionada em um átimo, Ana e Jules supuseram terem sido apanhados. O coração lhes saía pela boca enquanto reorganizavam os olhares rumo à porta escancarada.

Uma moça trajada em frangalhos entrara às pressas e se pusera agachada em um canto, como um bicho acuado. Ao levantar o rosto, permitiu que Ana a reconhecesse: tratava-se de Judite, uma das meninas que crescera com ela em sua cidadezinha holandesa. Estava muito pálida e magra, mas conservava os traços familiares que fizeram parte das brincadeiras comuns. Não trazia consigo mais do que uma trouxa de roupas, molambos que ficaram caídos em um canto.

Jules fechou a porta apressadamente.

Nos próximos instantes, esquecidos do que faziam antes, ele e Ana passaram a escutar a história de Judite. Era uma narrativa parecida com a de muitos outros refugiados: por muita sorte e persistência, ela escapara da perseguição nazista, mas perdera toda a família. Extraviara-se de outros fugitivos e apenas acompanhou, durante muitos dias, as sinalizações do mapa dado pelo rabino, o mesmo trajeto seguido por Ana.

– Das casas de nossa história não permanece muita coisa. Destruíram tudo, Ana. Colocaram fogo em nossos móveis e livros. Demoliram as paredes da sinagoga. Fuzilaram os judeus que se esconderam no túnel sob a casa do rabino. Atearam fogo em nossas lojas depois de as saquearem.

A voz fraca da moça vinha entrecortada por uma respiração irregular.

– Você encontrou mais alguém pelo caminho? – perguntou Ana.

– A certa altura, na curva do rio, alguns quilômetros ao norte de onde estamos, vi soldados de tocaia. Um deles me perseguiu, mas consegui despistá-lo... Corri muito. Corri como uma corça, desviando-me dos tiros que sangravam a seiva das árvores. As balas zuniam sobre minha cabeça. Uma saraivada. Fugi como um bicho, Ana! Se é que somos outra coisa...

Jules temia que Judite tivesse sido seguida até o casebre. Por isso, assim que ouviu o relato, fez com que ambas entrassem no minúsculo porão. Ele ficou a vigiar o que se passava nos arredores, sempre em guarda dentro da cabana. Quando anoiteceu, pediu que as duas saíssem do refúgio.

Judite tremia muito. Delirava com uma febre alta e clamava por água a todo instante. Seu suor encharcou o lençol do colchão em que se deitara. O estado preocupante da moça impediu que Jules dormisse e que Ana realizasse, ao menos temporariamente, seu projeto de fuga.

– Como você acha que chegaremos à Espanha? – sussurrou Jules ao ouvido da amiga, quase como uma carícia.

– Pelas bordas dos caminhos. Seguindo pequenos cursos de água, dormindo sob o céu, talvez roubando cavalos. Daqui e dali, tentando apanhar roupas que estejam secando nos varais dos pequenos sítios. E cruzando montanhas... e vales. Dizem que a França é um país muito bonito.

– E infestado de nazistas. Ou você duvida que eles já não estejam por lá a cada virada de estrada, em cada esquina das cidades, disfarçando seu sotaque a cada tragada de cigarro?

Jules estava de pé, cambaleando de cansaço. Sob a luz tremulante do lampião, Ana admirou sua altura. A magreza das formas do rapaz acentuava-lhe as clavículas e os ombros largos. E aquilo a agradava. Ele, porém, não percebia aquela apreciação. Sua mente e seu corpo pediam descanso.

– Em tempo de guerra, talvez o único país bonito seja o seu Brasil, cheio de florestas e sol brilhante. Acha que é fácil assim chegar à Espanha? Quantos quilômetros? Já calculou? Mais de mil? E Judite? Como a levaremos? Porque não há como deixá-la abandonada aqui...

– Acalme-se, Jules. É só uma febre. Amanhã ela estará renovada.

– E você espera que vivamos de que nessa travessia? De vento?

– De palavras. E não me faça mais perguntas por hoje, por favor.

Mesmo contrariada, tentou conter o olhar que insistia em mapear o corpo do amigo. De norte a sul, ele era um belo rapaz. Ana supunha, em meio à guerra feral, que estava a descobrir o amor e o sexo. E aquilo brotava de dentro dela como um veio d'água que vencera o inverno, como brisa que levava a um peito arfante um anúncio: "alegria!, alegria!".

Aproveitaram-se do silêncio no interior do casebre para que cada qual tomasse um banho na tina de madeira com água esquentada no fogão e temperada com água fria. Naqueles instantes de intimidade, estendiam um lençol à frente do recipiente que servia de banheira e o outro jamais espiava. Depois, invertiam. E assim, exalando a alfazema do *savon de Marseille*, sentiam-se reconfortados.

Jules esticou-se sobre o tapete, enrolando-se em uma manta. Cedera seu lugar no colchão macio à recém-chegada. Quis sonhar, mas parecia ter ganhado percevejos na ceroula.

Ana Sofia havia se encostado ao lado de Judite, que dormitava.

Então, ela assoprou a chama do lampião e a cabana ficou às escuras.

– Fale-me mais, Ana... Fale-me mais sobre aquelas terras do outro lado do oceano... – pediu o rapaz em murmúrios à amiga.

Os pensamentos dos dois estavam tão próximos que quase podiam ser tocados um pelo outro. Por isso qualquer luz denunciaria suas emoções. Era no escuro que teriam de conversar.

Ana tentou recordar-se da história de *O Cortiço*, um romance que lera na escola. Falara longamente a Jules sobre seus tipos sofridos: Bertoleza, João Romano, Rita Baiana... e misturou tudo com algumas coisas que inventava na hora, entre os gemidos febris de Judite. Então, reacendeu o lampião e, do fundo de sua mala, retirou o livro de páginas amarelas, abrindo-o ao acaso:

"Bertoleza também trabalhava forte; a sua quitanda era a mais bem afreguesada do bairro. De manhã vendia angu, e à noite peixe frito e iscas de fígado; pagava de jornal a seu dono vinte mil-réis por mês, e, apesar disso, tinha de parte quase que o necessário para a alforria. Um dia, porém, o seu homem, depois de correr meia légua, puxando uma carga superior às suas forças, caiu morto na rua, ao lado da carroça, estrompado como uma besta.

João Romão mostrou grande interesse por esta desgraça, fez-se até participante direto dos sofrimentos da vizinha, e com tamanho empenho a lamentou, que a boa mulher o escolheu para confidente das suas desventuras. Abriu-se com ele, contou-lhe a sua vida de amofinações e dificuldades. 'Seu senhor comia-lhe a pele do corpo! Não era brinquedo para uma pobre mulher ter de escarrar pr'ali, todos os meses, vinte mil-réis em dinheiro!' E segredou-lhe então o que tinha juntado para a sua liberdade e acabou pedindo ao vendeiro que lhe guardasse as economias, porque já de certa vez fora roubada por gatunos que lhe entraram na quitanda pelos fundos.

Daí em diante, João Romão tornou-se o caixa, o procurador e o conselheiro da crioula. No fim de pouco tempo era ele quem tomava conta de tudo que ela produzia e era também quem punha e dispunha dos seus pecúlios, e quem se encarregava de remeter ao senhor os vinte mil-réis mensais. Abriu-lhe logo uma conta corrente, e a quitandeira, quando precisava de dinheiro para qualquer coisa, dava um pulo até à venda e recebia-o das mãos do vendeiro, de 'Seu João', como ela dizia. Seu João debitava metodicamente essas pequenas quantias num caderninho, em cuja capa de papel pardo lia-se, mal escrito e em letras cortadas de jornal: 'Ativo e passivo de Bertoleza'.

E por tal forma foi o taverneiro ganhando confiança no espírito da mulher, que esta afinal nada mais resolvia só por si, e aceitava dele, cegamente, todo e qualquer arbítrio. Por último, se alguém precisava tratar com ela qualquer negócio, nem mais se dava ao trabalho de procurá-la, ia logo direito a João Romão.

Quando deram fé estavam amigados."

Em seguida, Ana colocou o livro na cabeceira da cama, apagou a luz uma vez mais e deslizou do colchão ao corpo do amigo, que lhe abrira a manta.

O jovem casal se aninhava quando a febre de Judite parecia ter se acalmado.

Ana e Jules se tocaram e se despiram de qualquer vergonha. Embalaram-se no calor de seus corpos, os quais bradavam um pelo outro com contorções musculares, espasmos, suspiros, palpitações. Uma vida úmida, incensada pela fragrância das peles suadas, brotava do segredo de seus peitos, coxas, pernas, ventres, lábios, pelos, planícies, vales, planaltos e ondulações. Os dois descobriam, enrolados na manta, um bosque de encantamentos perdido na escura madrugada, e por ele caminharam horas e horas, embriagados um no outro.

Depois, Jules dormiu encolhido segurando a mão da amiga, embalado no enredo daquele frágil amor.

Pela alvorada, Ana Sofia se levantou para fazer o chá e foi ver como Judite estava. Evitando tropeçar, apanhou no chão o paletó de Jules. Ao tentar dependurá-lo atrás da porta, viu um pacotinho de não sei o quê caindo de um pequeno bolso bem disfarçado na parte interna.

– O que é isso, Jules?

Ela foi até ele e o chacoalhou com força, desconfiada do que se tratava.

O rapaz despertou assustado. Ao entender o que se passava, tomou vorazmente o embrulho das mãos da moça.

– Não toque mais nisso. Aqui dentro tem um vidrinho. Mortal.

– Como assim? Você carrega veneno?

– Cianureto de potássio. Um pó. E não se fala mais nisso, Ana. É um segredo nosso.

Ele olhou para a cama e viu que Judite ainda dormia pesado.

Ana, contrariada, não conseguia se calar:

– Você pensa... em se matar, no caso de ser pego pelos nazistas? É isso?

Jules não gostou da conclusão. Colocou-se de pé, pondo-se a dobrar a manta. Assim que ela o viu por inteiro, a silhueta bem marcada pela camisa e pela calça de dormir, vieram-lhe impressões secretas que brincavam de rosa dos ventos no corpo do rapaz. Ela insistia discretamente em adivinha-lhe o relevo masculino, enquanto tentava se concentrar no diálogo.

– Não fale besteira, Ana. Meu pai é quem

me deu isso. Ensinou-me a usar este veneno como uma arma, caso eu caísse prisioneiro. Mas jamais para suicídio.

– Para envenenar o inimigo?

– Claro!

Ana ficou mais aliviada, ainda que carregar algo tão letal próximo ao coração não fosse uma bela imagem.

A bem da verdade, para ela, tudo o que estivesse próximo ao peito ocasionaria um risco. O desejo talvez não fosse um veneno menos perigoso do que os outros.

Deixou que ele pusesse o frasco de volta no bolsinho do paletó, enquanto Judite, já despertando, pedia água.

Uma incômoda sirene soava ao longe.

Jules foi cuidar da enferma.

Do lado de fora da cabana, Ana se sentia observada, ainda que apenas pelos pardais pardacentos. Nela, a coragem se dissipava muitas vezes e a alegria se tornava secundária. Na falta de ambas, a tragédia se faria, por isso ela lutava tão bravamente contra qualquer abatimento. Refletia que não eram os homens com suas armas os que primeiramente feriam ou vilipendiavam, mas a desesperança e a apatia trazidas pela guerra. A moça sabia que a falta de ânimo tinha a capacidade de contaminar as pessoas, uma a uma. Por conta disso, ela se acostumara a mirar-se no espelho. Qualquer superfície límpida servia para isso, mesmo um fundo de panela. Ajeitava repetidamente os cabelos, refazia as tranças, apertava os laços das fitas. Tudo era melhor do que os olhares de morte dos que mais nada esperavam da vida.

Quando o vazio no casebre insistia em abrir sua manta medonha sobre ela, Ana se ornava de cores, brincando:

– Quem não se enfeita, por si se enjeita.

As recordações, porém, invadiam seu corpo.

– Mas, qual! Deixar-me vencer pela desistência dos outros? Isso nunca. – dizia sempre à sua mãe no navio, quando conversavam sobre os rumos que suas vidas poderiam tomar na Holanda.

Em seguida, tornando a voz mais firme e forte, repetiu para si mesma do lado de fora do casebre:

– Há algo maior dentro de mim. Não sei o que é, nem que nome dar. Mas vou avante.

Jules saiu ao relento para ver o dia e flagrou o monólogo quase teatral. Decidiu então tomar Ana delicadamente pelo braço, o que a fez sentir o coração bater mais rapidamente.

– Falando sozinha ou com as árvores?

Ela riu e depois indagou, desconversando:

– E Judite?

– Comendo alguma coisa. Achei que a coitadinha não passaria da noite passada.

Daí, quando bem próximos, ela sentiu o cheiro do rapaz, o que a fazia se lembrar da fragrância de ervas e matos.

– Você conseguiu pensar sobre o que conversávamos ontem? Sobre nossa partida em breve?

– Pensei, Ana. Acho que temos de esperar Judite se restabelecer um pouco mais. Podemos ir amanhã, à tardinha... Trago um bom mapa comigo e ainda tenho a esperança de que consigamos ajuda. A França é bem maior do que a Holanda ou a Bélgica. Podemos também pensar na Suíça, se não der para irmos até a Espanha.

– Jules, qualquer coisa é melhor do que a incerteza de

permanecer neste lugar. Tenho receio de sermos delatados aos nazistas... Aquele pessoal do vilarejo em que você vai fazer compras não sai da minha cabeça... Lembra-se do rapaz fumando na esquina? Dos prováveis olhos furtivos por trás das vidraças? Você mesmo é quem me disse...

Jules engoliu a seco.

– Eu nunca mais vi aquele sujeito.

Ana mergulhou novamente nos olhos do moço:

– Não acredito de todo em você. Mas ainda que seja verdade que não o tenha encontrado novamente, pode ser que ele sempre veja você e acompanhe seus passos.

Jules pensou um pouco enquanto olhava o tempo.

– Tem razão, Ana.

– E, ainda por cima, existem os soldados que Judite encontrou pelo caminho.

Ele acariciou a testa da amiga.

– Amanhã vamos partir, tudo bem? É o melhor a fazer, querida.

Pela primeira vez, abraçou-a de maneira mais forte, o suficiente para ela entender que talvez o rapaz a amasse de outra forma que não apenas fraternalmente. Ela, porém, não sabia mais o que sentia dentro de si. Seus objetivos mudaram: ela passara a contar com aflição as próximas horas, até que viesse o tempo da partida. Da ida rumo ao sul. Da travessia. Quis afogar suas tristezas no peito do amigo, mas, antes disso, ele a tomou de maneira firme e imprimiu em sua boca um beijo que jamais seria esquecido. Ela quase sorriu, mas estava envergonhada. Saiu caminhando pelas árvores e fez um sinal para ele não ir atrás.

Jules retomou a tarefa do café da manhã, partindo um pedaço de pão para cada um.

Decidir abandonar o casebre trouxe a Ana e Jules um estreitamento no peito, pois eles haviam aprendido a amar o refúgio. Lá, não foram jamais molestados, a não ser pelos piados das corujas e pelos camundongos assustadiços que caminhavam entre raminhos bobos. A lua aparecia entre os galhos secos das copas das árvores de vez em quando. O vento zunia com insistência, confundindo-os. Mas aquele não era o pior dos mundos.

Quando fecharam a porta e começaram a carregar as bagagens, tendo ao lado a debilitada Judite, evitaram olhar para trás ou repensar o que estavam fazendo. Apenas tomaram a discreta trilha em linha reta, que se perdia a partir dos esguios choupos.

Além das malas, fizeram trouxas não muito pesadas nas quais levavam toda a comida que podiam transportar. Os próximos dias seriam de muitas caminhadas durante a noite, perseguindo riachos calmos até chegarem na França.

Era maio.

No décimo dia daquele mês, a Alemanha invadiu de vez a Holanda, a Bélgica e Luxemburgo, como previsto. Jules, Ana e Judite estavam então no norte da França, na feérica floresta das Ardenas, que se estendia além das fronteiras da Bélgica e do Luxemburgo.

Tinham passado perto da cidade de Sedan que, poucos

dias depois, seria palco da invasão alemã em terras francesas. Na mesma data, Winston Churchill assumia o cargo de primeiro-ministro britânico, trazendo mais ânimo aos Aliados.

A tática de invasão alemã se chamava Blitzkrieg, uma entrada relâmpago na qual apanhavam de surpresa o povo invadido. Para isso usavam de muitos aviões, tanques e artilharia. Bombardeios eram frequentes, sobretudo nas cidades, as quais, por esse motivo também, eram evitadas pelos fugitivos.

Aqueles foram dias muito penosos e sofridos, em que o trio de caminhantes fazia o possível para fugir do olhar de quem quer que pudesse encontrá-los.

Imersos na desolação que muitas vezes atravessa o íntimo de todo ser humano, bem lá, onde a presença do conforto costuma não se anunciar, os três sofriam sua própria invasão muda e continuada.

Judite era apossada, noite sim, noite não, por uma febre ruim que fazia com que os amigos tivessem de reduzir a marcha para mais descanso.

Jules era atravessado pelo receio de não chegarem a um lugar seguro. Ou de morrerem no caminho. Ou de ficarem loucos por não resistirem mentalmente àquilo tudo. Por fim, ele tinha medo de se envenenar e perder o melhor de toda a vida que poderia vir a ter pela frente.

Ana, decidida e franca, era possuída pela saudade. Da família. Do sol quente. Das boas palavras. Do Brasil.

Durante o dia, escondiam-se em algum bosque fechado, ou entre rochedos, ou em casebres e redis abandonados. Roubavam hortaliças dos sítios pelos quais passavam. Invadiam pequenos celeiros, carregavam pães que estivessem esfriando nas janelas. Abatiam galinhas desgarradas. Eram vistos ao longe por camponeses desconfiados. Recebiam ameaças e xingamentos. Então, fugiam lépidos como um pequeno bando de salteadores.

Ana Sofia era uma moça sem diário, mas plena em leituras. Nada escrevia, como se não quisesse deixar marcas de sua passagem pelo sórdido mundo em guerra. Não pensava em registrar memórias. As cidades fantasmas que ela, Jules e Judite tantas vezes atravessaram nas semanas de andanças eram como uma escrita ruim: sem início, sem propósito, sem pontuação definida. Pisavam muitas vezes sobre corpos deixados ao léu, em busca de refúgio em escombros. Encontravam, atrás de cada porta escancarada, um cadáver estirado, ou um corpo fuzilado, ou um suicida que se desesperou.

Ana recolhia e guardava palavras que povoavam sua tremenda travessia a fim de dispersá-las, algum dia, quem sabe, em suas numerosas leituras, ante a esperança de livrar-se um pouco da dor que gostaria de nunca ter testemunhado.

Ao lado de Jules e Judite, viu mulheres em ruínas e à margem da demência após terem perdido os filhos e os maridos. Lembrava-se nitidamente, a contragosto, da marcha lenta e compassada dos homens que entraram no trem, na noite em que escapara de seus algozes.

Outras vezes, deitada sobre as flores secas que formavam coroas coloridas ao redor das raízes das árvores, ela pensava em qual poesia poderia salvá-los dali em diante. Queria acreditar que tal coisa fosse possível. Não buscava palavras mágicas, entretanto.

– O que lhe passa pela cabeça, Ana? – perguntava Judite

tantas vezes, irremediavelmente assolada por crises de tosse. — Sobre o que você reflete quando fica tão calada e distante?

Ana não conseguia despistar o que se apossava de seus pensamentos:

— Penso em árvore, querida. E, da árvore, vou à pedra. Vou ao céu. Vou ao riacho. Visito, em silêncio, todas essas palavras. Por todas as vezes que achar necessário, eu o farei. Ou pelo tempo que necessitar amenizar minha dor. Daí, repito comigo mesma: "árvore". E se ela for para mim algo mais do que um olmo ou um carvalho, então é porque minha tática está funcionando.

— Dor? Dor nas pernas?

Ao ouvir a pergunta simplória de Judite, Jules, que mastigava um ramo para enganar a fome, conteve o riso. Muitas vezes, ele perdia a paciência com a moça mais jovem.

Ana Sofia permanecia dócil:

— Judite, se na árvore imagino um ninho de poupa, então tenho uma palavra-pássaro. Uma palavra tem de necessariamente me fazer criar. Se nada crio, então é porque estou próxima do vazio da existência. Da ameaça do real. Eu vou andando com vocês dois, mas, ao mesmo tempo, teço essas ideias que podem lhes parecer malucas. Porém, o faço em meu desterro como mulher, como judia. Faço-o em meu enorme silêncio que, na verdade, é múltiplo. Sou muitas coisas ao mesmo tempo e pago por todas elas o preço da intolerância. Na verdade, todos nós estamos pagando o preço de incomodarmos o outro com nossa maneira de estar no mundo. Eis o resumo do que motiva as guerras, vocês não acham?

Jules, alheio à filosofia da tarde, preferia se dependurar em um galho como se fosse morcego e tentar beijar a bochecha das duas. Judite, porém, parecia sempre exausta. Seu olhar não desejava qualquer horizonte.

Ana bem aprendera que havia encontros trágicos o suficiente para não aceitarem palavras. Era desses acasos desditosos que ela tinha mais medo. Viu isso muito bem apresentado no rosto cru de uma cigana que encontraram pelo caminho. Tratava-se de uma mulher que perdera toda a família. Porém, os nazistas a deixaram viva ao lado dos fuzilados. Isso se deu naquela tarde, quando as sombras do vale caíam rapidamente das encostas das colinas e se alongavam como dedos compridos, percorrendo a estrada deserta de um lado a outro. Bem ao centro de uma encruzilhada, a cigana, perplexa, nada dizia e parecia não entender o que Ana quis lhe falar. Estava imersa em uma realidade tão atroz que não lhe escaparia qualquer som dos lábios. Nem suspiros.

Assentada sobre um latão de leite, sua presença, por si só, carpia aqueles corpos amarrotados, empilhados uns sobre os outros: pais, filhos, tios e primos.

Jules ficou reflexivo. Pensou: "Como não negar a morte, mesmo que sejamos jovens? Somos tão ingênuos: achamos, aos quinze ou dezesseis anos, que temos o infinito ao toque da mão. Cremos que podemos tudo. Que somos reis".

Os três apenas passaram pela mulher, pois nada podiam fazer por ela. Não existia qualquer solidariedade no mundo que permitisse àquela senhora recobrar-se, reaver-se, seguir com eles.

À medida que se afastavam, olhavam para trás e viam o mesmo cenário petrificado, como se uma Pompeia tivesse surgido naqueles ermos da região que então atravessavam: o leste francês. Os corpos já frios conservavam os últimos olhares que buscavam algo impossível de se nomear.

– Agora eu sei que sou mortal. – falou Jules, pesaroso.

As duas aquiesceram, continuando a marcha até se afastarem de vez de lá.

Os três queriam se distanciar mais e mais. Apenas isso. Pensavam em seus familiares, nas vidas que foram modificadas a contragosto, e caminharam com insistência, até que o cansaço os tomou.

Depois de uma parada sob árvores, viram ao longe um celeiro abandonado que lhes cedeu lugar para repouso. O mal-estar que os invadira estava muito além daquele causado pela fome e pela sede.

$$\text{\textit{ひでする}}$$

Antes de o sol se erguer, saíram do esconderijo e retomaram o rumo do sul. Decidiram seguir por uma estrada muito estreita, cercada de arbustos de mimosas em flor. O amarelo das arvorezinhas era de uma tonalidade bem-vinda e calorosa. A primavera na França sempre chegava com tons de amarelo, e aquele era o sinal de que mais um duro inverno havia passado.

Porém, sempre que surgia o som do motor de um carro ou os ruídos de cascos de cavalo, eles se escondiam à margem, como coelhos, entre touceiras de mato seco.

Daquela vez, quem vinha era um carroceiro transportando gordos fardos de feno. A carroça balouçava de maneira desengonçada, entulhada de coisas. Jules se apresentou ao condutor, que interrompeu a modorra da marcha dos animais. Sua barba branca trazia o desalinho do feno e seus olhos refletiam um azul de falenas de cristal. Em seguida, surgiu Ana, imersa na paisagem de deslumbre, como se pertencesse a um quadro de Van Gogh. Por fim, Judite, desconjuntada e torpe, tossindo fino como uma leitoazinha engasgada.

– Podem confiar em mim. – falou o velho, enquanto descia da carroça. – Sei que estão fugindo e compreendo o que querem.

Os três jovens estavam embriagados pelo brilho do sol, luz baldia que consumia de vez o entardecer para se render às trevas.

Ana falava francês tão bem quanto sua própria língua materna, ao contrário de Judite, que se atinha ao holandês apenas. Jules era poliglota, e isso lhe facilitara a vida em muitas situações.

– O senhor sabe onde estamos? Qual o nome da cidade mais próxima, por favor? – perguntou Ana.

– Saint-Dizier. Se querem fugir da guerra, estão no caminho errado. Os alemães se aproximam cada vez mais, vindos daquela direção. – e apontou o horizonte avermelhado.

A informação dada pelo carroceiro lhes trouxe desânimo, pois acreditavam que tinham avançado bastante na travessia do país.

– O senhor pode nos levar até mais ao sul? Por favor... – pediu Ana Sofia.

– Eu não posso, moça, mas sei de alguém que... – e após pensar um pouco, perguntou. – Já ouviu falar da Resistência?

A garota ficou contente:

– Sim. Seria ótimo se encontrássemos alguém ligado à Resistência e que nos desse alguma ajuda...

Atravessado por uma alegria de fim de dia, o carroceiro prosseguiu, acariciando as cãs:

– Pois eu vou levá-los até um homem que tem condições de tirá-los da França. Se ele não o fizer, não sei quem mais o fará.

Jules puxou Ana para o lado, desconfiado. O aperto que lhe deu no braço esquerdo valia por muitas palavras. Porém, a amiga se deixava levar por uma boa intuição.

– Não podemos pagá-lo, senhor. – adiantou-se Ana. – Já não temos mais nada de valor. O que carregamos são roupas, livros e algo para comer. Estamos caminhando há semanas desde a Holanda.

– Eu não quero nada, filha. Basta que se ajeitem entre o feno, não se mexam nem falem, e aguardem até a hora em que eu mandar que se levantem.

Viajar em uma carroça, enfiados entre fardos secos e ásperos como se fossem uma mercadoria qualquer, não era confortável. Eles se ajeitaram rapidamente entre várias pilhas de forragem e seguiram sacolejando ao trote lento dos belos *percherons*, até que a paisagem começou a perder o colorido mortiço do ocaso para ganhar o cinza-claro dos muros e paredes da cidade.

Minutos depois, o som de um portão metálico se abrindo para o lado antecedeu a entrada da carroça em um grande galpão. Escutaram-no ser deslizado mais uma vez até ser fechado, para daí ouvirem a voz rouca do carroceiro:

– Agora já podem se levantar.

Os três desceram com vagareza, muito apalermados pela viagem rápida, porém cansativa. Tinham palha nos cabelos e nas roupas.

À frente deles estavam vários homens e mulheres que carregavam armas e cartazes de incentivo à luta e à resistência contra os alemães. Algumas crianças brincavam em silêncio ao fundo, ignorando a iminência de tempos ainda mais duros.

– Aqui é um antigo armazém. – disse-lhes o velho. – Não tenham medo: somos todos amigos.

Os jovens agradeceram ao carroceiro que, após ter seu veículo descarregado, retomou a marcha em retorno para o lugar de onde viera.

Alguns dos militantes se puseram a abrir cuidadosamente cada fardo de feno amarrado e retirar de dentro vários revólveres e granadas.

– Vocês viajaram em boa companhia. – disse um deles a Ana, rindo com amargo sarcasmo.

Apesar da brincadeira, os recém-chegados receberam a melhor atenção possível do simpático grupo. Quem lhes pareceu ser o líder era um rapaz moreno e bem alto chamado Marcel. Ele lhes explicou o trabalho que faziam por lá: basicamente, resistência ao invasor, sabotagem dos planos nazistas, espionagem e condução de fugitivos perseguidos para outros países.

– Vamos providenciar documentos falsos para vocês três. – falou Marcel. – Logo terão atravessado os Pirineus, acreditem. E a vida se tornará um fardo mais leve do que estas pilhas de feno. Muitos estão se refugiando em Portugal e, quando podem, tomam um navio para a América.

Um fundo de vaga esperança brotava em Ana, Jules e Judite.

As palavras refloresceram no peito de Ana, mas, daquela vez, não se resumiam a "coragem" e "alegria". Tinham também o sabor da "gratidão" e da "oportunidade"... E assim foi-se enriquecendo o vocabulário do ânimo entre eles. A vida lhes oferecia outros caminhos.

Ana Sofia achou Marcel muito simpático. Ele, ao contrário de Jules, era um rapaz mais velho e de feição mediterrânea. Sob seu olhar mais profundo e maduro, ela se sentia segura.

Durante o jantar, todos os que estavam por lá se acomodaram em uma espécie de terraço discretamente iluminado ao fundo do grande armazém. Estavam rodeados por floreiras muito carregadas em cores. Ana, que se assentava ao lado da delicada esposa de Marcel, permitiu-se uma reflexão em voz alta, inspirada pelo lugar:

– Desprendemo-nos uns dos outros como a fruta se desprende do galho. E dependemos uns dos outros como a fruta depende do galho. Eis nosso paradoxo.

Aquela foi uma noite agradável, de alívio e partilhas. Uma vontade incrível de completar a travessia era um rebento bom no coração de Jules e de Ana. Até Judite, enfraquecida ainda mais na jornada empreendida, estava otimista.

6
A morada dos pássaros

A perfeição que os documentos falsos exigiam fazia com que se levasse um bom tempo para que fossem criados. Para esse ofício tão útil em tempos de guerra, que ajudava a salvar tantas vidas, era preciso contar com a habilidade de excelentes copistas.

Enquanto os papéis não vinham, aquele mês de junho presenciava a triste capitulação da França. O exército alemão entrou tão brutalmente no país que qualquer expectativa inicial de resistência em maior escala foi frustrada. A linha Maginot, que buscava oferecer proteção em parte da fronteira francesa, em especial ao norte, possuía uma falha fundamental a leste, o que permitiu que os nazistas a cruzassem com bastante facilidade.

Com a chegada dos alemães em Paris, o país ficou dividido em dois: uma parte ocupada ao norte e a oeste, incluindo o litoral atlântico, e outra não ocupada, ao sul, com capital em Vichy, região chamada de "zona livre". Entretanto, no fundo, essa "França interior", sob o governo do marechal Pétain, e que se estendia até a fronteira com a Espanha, era também colaboracionista com os propósitos de Hitler. O terror se acirrou de vez quando se determinou que todos os judeus fossem entregues aos nazistas e que, para isso, fossem recenseados.

Ana Sofia, Jules e Judite ficaram menos apreensivos quando finalmente receberam seus passaportes e certidões de nascimento falsos indicando nacionalidade francesa.

Marcel discutiu com cada um deles um histórico fictício de vida, caso fossem questionados por alguma autoridade. O sotaque de Ana e Jules poderia justificar uma vida inteira passada na Bélgica, mas Judite teria de se fazer de muda, ou seria facilmente flagrada como holandesa.

Além da parte documental, tinham também de resolver a questão da aparência física. Por esse motivo, as duas judias tiveram os cabelos tingidos em um loiro intenso. Um pó branco sobre a cútis lhes assegurava uma semelhança maior à das francesas do norte.

Aquela seria a breve farsa que Ana, Jules e Judite representariam nas próximas semanas enquanto estivessem sendo conduzidos em ônibus até a montanhosa fronteira espanhola. Mais doze fugitivos, igualmente disfarçados, estariam no mesmo veículo, além de Marcel e um companheiro da Resistência. Dezessete pessoas, portanto. O plano parecia bem estruturado e o entusiasmo se mantinha no grupo. Não fosse a presença devastadora da guerra, o percurso seguido seria até mesmo divertido.

Nos dias que antecederam a saída do ônibus, Judite foi precariamente medicada com alguns antibióticos. Havia, entre o pessoal da Resistência, um jovem médico que cuidava dos enfermos que precisassem fugir, mas os tratamentos eram custosos e complicados devido à dificuldade na obtenção de determinados remédios.

Não foi difícil rodar na estrada durante as primeiras centenas de quilômetros rumo ao sul. Os caminhos estavam bem vazios e o grupo se deslocava durante o dia para evitar suspeitas.

Como parte da estratégia, caso fossem vistoriados, diriam que tinham sido empregados em uma fábrica de laticínios, localizada ao pé de alguma montanha dos Pirineus. Possuíam até mesmo o registro fictício da tal empresa. Cada um dos fugitivos portava, além da documentação, uma carta contratual que expressava o motivo de trabalho temporário daqueles quinze "franceses": a alta especialização queijeira.

Quando ladearam a fronteira suíça, sabiam estar a apenas algumas dezenas de quilômetros de um país neutro na guerra. Nascia em todos o desejo forte de buscarem refúgio imediato naquelas terras tranquilas. Entretanto, os limites entre ambas as nações estariam altamente bem vigiados e a Espanha continuava como uma alternativa mais possível.

Somente nas proximidades de Lyon, ao entardecer, é que fizeram uma primeira parada apressada para que cada qual buscasse seu "banheiro". Foi também nas cercanias daquela cidade que uma blitz de policiais de Pétain os abordou. Todos desceram do ônibus ante as ordens muito apressadas de um rapaz uniformizado e de cara fechada, e o fizeram calmamente, da maneira exata como tinham ensaiado com os amigos da Resistência.

Marcel tentou falar pelo grupo, mas foi impedido. Um dos policiais cutucou-o com o cassetete e começou a fazer perguntas específicas a cada qual, enquanto verificava os documentos.

– Queijeiros, não? – disse, arqueando as sobrancelhas em desconfiança.

– Sim, senhor, e muito habilidosos. – adiantou-se Marcel.

O mais rápido que pôde, o jovem retirou, de dentro de um embornal que trazia à cintura, um queijo embrulhado em papel grosso. Cortou algumas fatias com seu canivete e começou a distribuí-las aos inspetores da blitz.

– Experimentem, por favor. Vejam como é bom o trabalho desses senhores e dessas senhoras tão especializados.

Enquanto quase todos os policiais se deliciavam com os nacos amarelados de queijo de ovelha, aquele que fazia a vistoria continuava as perguntas capciosas: que tempo fazia no momento em que entraram no ônibus, o que suas mães lhes preparavam para comer quando pequenos, de que canções da infância se recordavam... E a saraivada de questionamentos continuou até que Marcel lhe disse que aquilo não tinha propósito algum. Sugeriu que perguntasse aos passageiros sobre técnicas de fabricação de queijo, ao que o inspetor respondeu com um olhar desdenhoso e frio.

À medida que respondiam as mais diversas perguntas, retornavam aos seus assentos, tendo os documentos liberados.

A última na fila foi Judite, que, como sempre, estava pálida e exausta.

– E você? Por que esse silêncio? Não fala?

O cano do revólver cutucou-lhe a parte inferior do queixo, enquanto o inquiridor insistia:

– É muda?

E olhando para os outros membros da blitz, ironizou, concluindo por si mesmo:

– Vejam só, uma queijeira muda. Ou será que só abre a boca para conversar com as ovelhas?

Em meio às gargalhadas dos policiais, Marcel insistiu em se comunicar por ela:

– Essa pobre moça nasceu sem a fala. Mas posso ajudar na entrevista, senhor.

Daquela vez, o responsável pela inspeção pediu a um dos policiais que o assessoravam que calasse o francês, o que aconteceu com um golpe na barriga que deixou Marcel atordoado e caído no chão.

– Então vamos ver se a senhorita é mesmo muda.

O inspetor a rodeava como um abutre em torno de um corpo morto. Tocava as mechas dos cabelos, cheirava-as, passava o dedo por seu alvo rosto. Depois, despiu-lhe o colo para comparar a tonalidade da pele original com a da face.

– Nasceu ao norte, não é, moça? Não sabe falar, mas, para compensar, tem os olhos bem vivos. Imagino, porém, que não apresente nenhum problema que a incapacite de escrever. – e, dirigindo-se a um dos franceses da blitz, ordenou. – Policial, faça com que esta senhorita se comunique por frases escritas.

Levaram até ela um bloco e um lápis. Naquele ínterim, os demais fugitivos olhavam pelas janelas do ônibus, disfarçando a aflição.

– Pois agora redija, senhorita Anne-Marie. Escreva, em algumas linhas, como se fabrica este delicioso queijo que foi repartido em fatias com meus subordinados.

Tremendo, ela pegou da caneta e tentou rabiscar qualquer coisa. Repentinamente, caiu no chão, em espasmo. As órbitas dos olhos estavam brancas e o suor escorria sobre sua nuca e peito.

– Ela sofre de epilepsia, não vê, senhor? – gemeu Marcel

no chão, ainda tentando se recuperar do soco.

O inspetor olhou com muita raiva para seu compatriota:

– Você deveria saber que as pessoas com imperfeições como essa não são mais bem recebidas na França. Não queremos raças de monstros. Somos a favor de um saneamento teratológico radical. Por isso sou obrigado a encaminhar esta jovem a um quartel o mais rapidamente possível para que a possam levar a autoridades que de fato assumam o caso.

Marcel, tentando colocar-se de pé, acabou por ficar de joelhos:

– Pense que se trata de uma francesa nascida sob este mesmo sol que brilha para o senhor e para mim. Não é justo que uma pessoa tão habilidosa seja descartada facilmente, como se fosse uma peça defeituosa de uma máquina. Não vê o quanto ela pode ser útil para a França?

A crise epiléptica fora breve, mas Judite permaneceu estendida no chão como uma boneca desconjuntada, olhando o vazio.

O inspetor colocou-a assentada, apertou irado suas bochechas e gritou:

– Fale, mulher. Fale ou mandarei arrancarem sua língua. Fale agora!

Judite dava conta de si aos poucos e logo ficou desesperada. Levantou os olhos na direção do homem encolerizado e pronunciou com muito pouca naturalidade as palavras que sabia em francês:

– Eu... sou... francesa.

Os policiais riram muito daquele flagrante linguístico.

– Vocês estão todos perdidos. – gritou o inspetor em direção ao ônibus. – Vão aprender a não querer enganar a polícia de Pétain quando estiverem no interessante lugar para o qual lhes enviarei agora.

Dali em diante, o ônibus foi conduzido por um dos policiais e ladeado por dois triciclos. Dentro, com os punhos amarrados, os fugitivos silenciaram, apreensivos.

Vários quilômetros depois, o veículo tomou uma via secundária e foi se embrenhando por um caminho muito aprazível, ladeado de flores que despertaram a primavera naquela região do país. Estacionou, minutos depois, próximo a um casarão mal conservado, perdido no meio de um bosque. Lia-se ao alto, no pórtico de sua entrada: "A Morada dos Pássaros". Aquele lugar, que se mostraria com o passar dos dias cada vez mais tenebroso e úmido, era usado como um pequeno campo de triagem de prisioneiros levados pelas patrulhas francesas, em secreta colaboração com a SS. Por lá, havia não apenas prisioneiros de guerra e os considerados "traidores", mas também uma enormidade de judeus e ciganos, lado a lado com os franceses militantes da Resistência, todos eles apanhados ou denunciados. Daquele lugar, os detentos comumente eram reencaminhados para outros tipos de cárceres, na própria França ou em outros países.

Os dezessete novos prisioneiros foram separados de suas bagagens e passaram a ser mantidos todos juntos em uma grande cela, espaço adaptado nos porões da grande casa aristocrática. No recinto escuro e frio, foram colocadas grades nas minúsculas janelas de ventilação. Três vezes ao dia, tinham direito a uma comida sóbria e, para isso, eram conduzidos ao refeitório geral, ainda que fossem obrigados a se manter em silêncio todo o tempo. Sempre que retornavam ao encarceramento, dois guardas os vigiavam pelo lado de fora, em um corredor obscuro que dava acesso a uma escada que conduzia à sede operacional do quartel.

Judite ainda permanecia com o grupo de Marcel, mas sofria cada vez mais os ataques epilépticos, por isso temiam que a polícia desse cabo de sua vida em pouco tempo.

– Você sabia que ela tinha essa condição? – perguntou Jules a Ana.

– Não, ela nunca me disse. Quando crianças, em nosso vilarejo natal, de vez em quando ela caía no chão. Mas nunca se imaginou que fosse isso.

– Historicamente, sempre houve muito preconceito em relação a pessoas epilépticas. – disse Marcel.

Depois de alguns dias naquela vida confinada, Marcel e seu grupo puderam comprovar que, na prisão, as manhãs, tardes e noites pareciam muito iguais. Às cinco horas da madrugada, eles eram acordados brutalmente com um grito: "Levantem-se!". Daí, passavam ao refeitório como bichos que seguiam para o curral. Foi lá que tomaram conhecimento da existência de muitos outros prisioneiros, alojados em celas que se localizavam em outras partes da enorme residência. Proibidos de falar entre si, assentavam-se em bancos dispostos ao lado de compridas mesas de madeira. Tomavam chá e comiam um pedaço de pão, mas este tão intencionalmente mal preparado que era comum encontrarem pedaços de serragem e insetos em meio à massa. Os presos que pareciam estar por lá havia mais tempo apresentavam corpos esquálidos e a palidez das velas de cera.

Depois do café da manhã, eram trancados de volta nas

celas e saíam apenas para um parco almoço e um vergonhoso jantar. Não havia livros, nem qualquer passatempo. O marasmo fazia parte da tortura que lhes impuseram.

As poucas vezes em que Ana tentou fazer um contato amistoso com os guardas, acabou por receber grunhidos e gestos ameaçadores em resposta.

– Por que vocês não conversam conosco? Por quê? – ela gritou certo dia, batendo seu caneco de água entre as grades para chamar atenção. – Tragam-me algo para ler. Deixem-me tomar sol.

Um dos guardas, bem jovem e inexperiente, e que cumpria fielmente suas obrigações todos os dias, dirigiu-se até ela. Teria olhos doces se não insistisse tanto na dureza daquela vida que lhe prometia promoções e méritos. Também poderia ser um bom namorado e um marido companheiro se as ideias de poder não tivessem contaminado sua mente. Ainda assim, Ana acreditava que ele fingia ódio pelos prisioneiros, mais do que o sentia de fato. A encenação, porém, era convincente.

Ele chegou-se até as grades e olhou bem dentro dos olhos abissais de Ana Sofia.

– Por que não falamos com vocês? Pois vou esclarecendo desde já: você é uma judia. E, por isso, cale essa boca! – disse, empurrando-a para trás com a ponta de sua arma.

Os outros prisioneiros da cela permaneciam calados, amofinados próximos à parede que continha as janelinhas, tentando receber o pouco de luz que entrava por entre o gradil.

Jules e Marcel comumente estavam confabulando. Conversavam sozinhos por horas a fio em um canto da cela.

Ana, porém, continuou a insistir com o adolescente.

Voltou-se até ele, mas daquela vez sussurrando:

– Quantos anos você tem? Minha idade? Imagino que não mais do que uns dezessete, suponho. Menino, o que você espera disso? Viver assim é o que quer para a sua vida?

Parecendo discretamente tocado por aquelas frases, ele olhou para seu companheiro de turno, que se distraía com uma revista mais ao fundo do corredor. Em seguida, retornou à prisioneira:

– Não se atreva, moça, a me dizer o que eu devo querer para a minha vida. E quanto você, que nasceu judia? Hein? O que me diz disso?

E tomando fôlego, insistiu:

– O que você quer de mim?

Ela não perdeu tempo na resposta:

– Eu sei o que quero, rapaz. Talvez esta seja a única diferença entre nós dois, além do fato de você estar do outro lado da cela. E quanto a você? Sabe o que quer?

O jovem se calou por instantes. Ana continuou:

– Posso saber o seu nome?

Ele relutou, mas, por fim, disse:

– Jérôme.

– Pois bem, Jérôme: você se acha privilegiado? Crê-se melhor do que outros?

– Sou francês e não sou judeu. Nem traidor. Isso já é um privilégio.

– E por isso você deve imaginar que não nasceu marcado por qualquer preconceito ou intolerância vinda dos outros. Estou correta?

– Sou de uma família genuinamente francesa.

– Mas não é disso que estou falando. Por acaso você já se olhou no espelho? Claro que sim. Ainda que seja naquele espelhinho barato e encardido que devem ter colocado no banheiro fedido que vocês, guardas, usam neste lugar. Seus olhos são doces, você sabe. São excessivamente ternos para alguém que queira de fato estar aqui. Entretanto, Jérôme – e, no instante em que pronunciou o nome, Ana se mostrava branda. –, você insiste em acreditar nas falsas promessas que lhe fazem o tempo todo. O que lhe disseram da última vez no vestiário? Que poderá um dia chegar a ser general? Ou a marechal de guerra? E durante o almoço, enquanto você engole rapidamente aquelas batatas mal temperadas, o que seus colegas lhe dizem? Que ainda vai receber muitas medalhas e uma aposentadoria em idade bem jovem?

– E por que não?

Ana Sofia abalava, aos poucos, o que havia de mais humano no guarda:

– Jérôme, quando você estudava no liceu, até pouco tempo, suponho que tenha experimentado alguns problemas com seus colegas. Deixe-me pensar... Hum... Por acaso os outros garotos não riam de suas orelhas de abano?

Aquilo desconcertou o rapaz.

– Por que diz isso, moça? O que minhas orelhas têm a ver com o fato de você ser judia?

– Aparentemente, nada. Mas me escute, por favor, até o fim: você é alto, mas é muito magro. Creio que, sob o uniforme que lhe deram, provavelmente um tamanho acima do que você deveria estar usando, existe um rapazote frágil. Sei que você sentia vergonha quando tirava a roupa perto de seus colegas para fazerem aqueles exercícios chatos no meio da floresta, não é? E seu professor de instrução física deveria olhar com certa piedade para seu corpo longilíneo e desajeitado. Porém, você não foi sempre assim, nem será. Mas, mesmo que continue a sê-lo, seu corpo é sua marca. E as pessoas estão sempre incomodadas com a marca do outro. Concorda?

Em parte, ele entendia, em parte, parecia muito confuso. Vez ou outra, olhava em direção ao seu colega para ver se não seria flagrado naquele inimaginável diálogo.

– Como assim? – quis saber.

Ana também se certificava, de vez em quando, de que mais nenhum prisioneiro participava como ouvinte da conversa.

– Você tem um rosto bonito, Jérôme. E os olhos gentis. As orelhas são de abano e o corpo é muito magricela, mas e daí? Os atores do cinema fazem sua fama com muita maquiagem e todas aquelas roupas... Porque, no fundo, somos todos diferentes, um tanto esquisitos, mais isso, menos aquilo... Eu sei, entretanto, que há uma boa fagulha de inteligência oculta sob esse quepe torto. Aposto que, quando queria se aproximar das meninas na escola, algum colega malicioso fazia brincadeiras de mau gosto que o deixavam envergonhado. Talvez dissesse que você era magro demais e, em seguida, as garotas saíssem rindo, apatetadas.

Jérôme se mostrava transtornado:

– Como sabe de todas essas coisas?

Ela viu que o rapaz quase chorava. Não falava aquilo por maldade, apenas para tocá-lo. Continuou, após guarnecer-se de um silêncio muito propício à reflexão:

– Todos nós nascemos marcados pelo corpo, pela cor da

pele e também pelas formas das partes do corpo. Pela origem e pelo sobrenome. Pelas heranças da família. Outras vezes, pela religião. Por hábitos incompreendidos por outros. Sem entendermos exatamente o motivo, vemo-nos, um belo dia, odiados por um, dois... ou milhares. Consegue perceber, Jérôme, que você, tanto quanto qualquer outra pessoa que vive nesta guerra, neste planeta, nasce marcado por algo que atrai o preconceito dos demais? O próprio existir de um já basta para que o outro se incomode e queira exterminá-lo.

– E o que você quer que eu faça com essa espécie de doutrinação? Que lhes dê a chave da cela? Que os ajude a fugir e depois seja fuzilado por isso?

– Não, Jérôme. Não precisa chegar a tanto. Seria muito bom, entretanto, se colaborasse conosco de alguma forma.

Ele ficou pensativo por instantes. Depois, perguntou:

– O que sugere, moça?

– Amanhã é domingo. Recomende ao seu superior os trabalhos de meu amigo Jules, que é excelente cozinheiro. Ele pode preparar um pão mais saboroso para vocês, os guardas, em vez de terem de deglutir aquela massa cheia de cavacos e percevejos. Prometo que pedirei a ele que prepare um pão especial só para o seu paladar.

O guarda sentia que aquelas palavras escondiam algum plano malicioso.

– Quantos vocês serão amanhã, Jérôme? – Ana insistiu.

– Domingo é um dia mais tranquilo. Quase não há patrulhas pelas ruas. Por isso muitos visitam seus familiares. Seremos quinze, talvez dezoito, contando guardas e oficiais.

Aquela conversa se encerrou com uma piscadela. Ambos

haviam feito um pacto silencioso. Jérôme, na verdade, não sabia o que iria se passar no dia seguinte. Temia estar colocando sua carreira por água abaixo.

Naquele instante, Jules se aproximava lentamente. Ana então sussurrou a Jérôme que tudo terminaria bem.

Antes de retornar a seu posto, o guarda fez uma pergunta só para ela, um tanto constrangido:

– Você acha mesmo que minhas orelhas vão me atrapalhar com as garotas?

– É claro que não, seu bobo. A intolerância dos outros não pode fazer com que você esmoreça. Orelhas são só orelhas. Há estigmas piores, não é?

Até o fim da tarde, a proposta de um novo padeiro para as fornadas do domingo fora aceita, sobretudo porque Jules não era judeu. Os dois suboficiais que permaneceriam no dia de folga com o restante do contingente não eram muito espertos: tiveram uma ascensão rápida e não meritosa, muito mais para preencher funções do que por qualquer outro motivo.

Após o jantar, os detentos retornaram às celas, como sempre. Judite teve então um ataque muito severo e por isso foi retirada às pressas do porão, sendo carregada por dois guardas que não tinham feição simpática. Ana Sofia estava certa de que sua amiga não seria levada para nenhum hospital.

Horas depois, Jérôme lhe informou que a moça acabou por falecer: engasgara-se com a própria saliva durante uma crise longa. Se Judite tinha sido assassinada ou se morrera por falta de cuidados, ninguém saberia jamais.

Ana e Jules ficaram muito tristes com a notícia. Uma tristeza redonda, ausente de palavras bonitas, que nem a imagem de um dia tropical poderia amenizar.

Por isso ela murmurou estrofes de um poema de Castro Alves que sabia de cor: *Tragédia no lar*. E ainda que seus companheiros nada entendessem daquela língua, sentiram a delicadeza profunda dos versos:

"Eu sou como a garça triste
"Que mora à beira do rio,
"As orvalhadas da noite
"Me fazem tremer de frio.

"Me fazem tremer de frio
"Como os juncos da lagoa;
"Feliz da araponga errante
"Que é livre, que livre voa.

"Que é livre, que livre voa
"Para as bandas do seu ninho,
'E nas braúnas à tarde
'Canta longe do caminho.

"Canta longe do caminho.
"Por onde o vaqueiro trilha,
"Se quer descansar as asas
"Tem a palmeira, a baunilha.

"Tem a palmeira, a baunilha,
"Tem o brejo, a lavadeira,
"Tem as campinas, as flores,
"Tem a relva, a trepadeira,

"Tem a relva, a trepadeira,
"Todas têm os seus amores,

"Eu não tenho mãe nem filhos,
"Nem irmão, nem lar, nem flores."

Antes das quatro da madrugada, o guarda que revezava com Jérôme bateu à porta da cela e apontou Jules com o dedo. O rapaz já esperava que o acordassem tão cedo e dirigiu-se alegremente à cozinha. Tratava-se de um espaço amplo, com belos fornos e muitos ingredientes nunca usados. Outro guarda ficaria de plantão por perto, mais cochilando em pé do que de fato vigiando.

Jules colocou um par de luvas finas e espalhou muitos sacos de farinha de trigo sobre uma mesa. Misturou ovos e água na medida certa. Colocou sal. Sovou aquilo muitas vezes, com o esforço elegante de quem sabia o que desejava. Por fim, abriu uma cratera dentro da bela massa e espalhou o fermento com delicadeza, incorporando-o com cuidado. O pão descansou por uma hora até ficar pronto para ir ao forno. Quase no final da grande fornada,

ele pincelou manteiga com sementes de papoula sobre cada pão perfumado, deixando, entretanto, apenas um em separado, o qual cobriu com manteiga e açúcar. Aos domingos, o café da manhã era servido às sete em ponto, permitindo que os prisioneiros descansassem um pouco mais.

O refeitório tinha uma mesa principal reservada apenas aos oficiais, disposta sobre um tablado, e uma secundária, para uso dos guardas, um pouco abaixo. Em seguida, vinham as filas de compridas mesas para os prisioneiros, com seus bancos duros e tortos.

Sobre a maior das mesas, eram colocados os melhores alimentos: os queijos, as geleias, a manteiga, o presunto, o chá e o café. Naquele domingo, tiveram um padeiro próprio e experiente: foi o único dia da semana em que comeriam um pão mais decente.

Jérôme se assentara junto a outros colegas.

Na entrada do refeitório, posicionava-se o mesmo guarda que acompanhara o padeiro: daquela vez, ele estava bem alerta e em prontidão, com sua escopeta apontando o teto.

De repente, vencendo a impaciência dos superiores, Jules entrou empurrando um carrinho com seus cheirosos pães. Eram ovalados e grandes.

– Senhores – disse o orgulhoso padeiro –, apresento-lhes o melhor pão de minha terra. *Heil Hitler*! Viva a França!

Os suboficiais não gostaram muito da intromissão, mas foram obrigados a fazer a saudação nazista e exaltar o país natal.

Jules começou a distribuir a cada um o seu pão, mas de cara foi indagado sobre o que tinha por cima.

– Papoulas, senhores. Se me permitem, são sementes

maravilhosas e dão um charme ao pão matinal. São muito usadas em confeitaria, sobretudo na Alemanha.

Depois, fez a mesma distribuição na mesa dos guardas, deixando para Jérôme o único pão que fora coberto com açúcar.

Em seguida, Jules cortou uma gorda fatia dos pães com papoula e foi servi-la ao guarda de plantão.

Um dos suboficiais questionou a exclusividade em relação a Jérôme:

— Por que esse guarda recebeu um pão diferente?

Jérôme, que nada entendera, não se atrevia a comentar.

— Este é o bom rapaz que me permitiu estar hoje aqui, deliciando a todos com as guloseimas de minha terra natal. Porém, disse-me ser alérgico à papoula e, infelizmente, fui obrigado a fazer um pão especialmente para ele, com açúcar por cima.

Contrariado, o suboficial retrucou:

— Pois dê-me esse pão. Não quero nada com papoulas. Prefiro também açúcar como cobertura.

Jules começou a suar frio enquanto pensava em uma solução para o impasse:

— Senhor, se me permite, há mais pães doces como este na cozinha. Posso trazê-los agora mesmo. Este guarda já tocou seu próprio pão com as mãos, não acho apropriado que agora o senhor o coma. Pode se contaminar com algum micróbio.

Ao sair para a cozinha acompanhado pelo guarda plantonista, torceu para que sua demora fizesse com que todos comessem dos pães que levara da primeira vez. Enquanto isso, deu ao seu vigia uma boa fatia com manteiga, que ele se pôs a comer com avidez.

Jules fingia procurar pães de açúcar.

A certa altura, o vigilante pareceu estar engasgado e, tossindo muito, pediu um copo com água. Em seguida, não se manteve mais assentado. Caiu por terra e não voltou a falar.

Da cozinha, Jules pôde ouvir uma repentina desordem no refeitório. Tiros eram dados ao léu. Enquanto isso, os prisioneiros assustados se metiam sob as mesas ou corriam para fora do ambiente.

Dos dezesseis militares que estavam presentes naquela manhã, quinze passaram mal o suficiente para desmaiarem sobre seus pratos e canecas.

Quando o ardiloso padeiro retornou ao salão, viu os amigos comemorando vitória, ainda que com os olhos estatelados pelo susto.

— O que você fez? — gritou Jérôme, tomando a arma e apontando para Jules.

— Cianureto, meu caro. Pinceladas de cianureto sobre os pães. Poupei sua vida, em nome de sua amiga Ana. Não sabe me agradecer?

Ele quis atirar.

— Agora meus superiores vão mandar me matar assim que eu for encontrado. — argumentou o jovem.

— Claro que não. — disse Ana, aproximando-se para acalmá-lo. — Diga que foram todos vítimas de um envenenamento, e que você foi o único que não quis comer do pão, justamente por ter alergia a papoula.

Os prisioneiros eufóricos reaviam suas bagagens, guardadas em uma das salas do casarão. Naquele domingo, já não somavam mais do que meia centena de indivíduos, pois vários tinham perecido durante os dias na prisão.

Marcel pediu a todos que se reunissem no salão principal.

– Eu vou tocar a sirene, moça. – disse o confuso Jérôme para Ana Sofia. – Vou chamar todas as tropas que estão nas redondezas para fuzilarem vocês.

– Não faça isso. Lembre-se que você não é mau. Apenas está aturdido com essa guerra. Nem sabe o que quer para a sua vida. Não se manche mais. Sabe para onde levam todos os dias milhares de pessoas como eu e meus amigos? Para lugares em que elas têm de trabalhar até definhar. Depois, certamente são mortas, sabe-se lá com quais níveis de tortura... O que queremos, Jérôme, é a liberdade.

Enquanto ela conversava com o guarda na entrada do refeitório, parte dos prisioneiros, desobedecendo à solicitação de Marcel, debandavam em desespero pelos bosques ao redor, levando consigo as bagagens e um pouco de comida. Naquele instante, fugir era mais importante do que parar para pensar.

Marcel retornou ao refeitório no momento em que o guarda acuava Ana e Jules em um canto, ainda indeciso se deveria ou não atirar.

Jules estava angustiado e ofegante. Decidiu colocar-se em frente à amiga para protegê-la, mas logo caiu no chão. Seus olhos ficaram vitrificados e a respiração mais curta.

Foi quando Jérôme baixou a arma.

Ana, inconformada, tomou o amigo nos braços:

– Jules, o que está havendo?

– Querida, acho que coloquei os dedos na boca sem querer. – depois de dizer aquilo, o jovem loiro sorriu tristemente.

– Desde criança, sempre me esquecia de lavar as mãos antes

de comer.

Ela estava desesperada. Os olhos em sobressalto denunciavam a incapacidade de fazer algo para salvar Jules.

– Nem pense em me beijar agora. – sussurrou ele ao ouvido dela, deitando de vez a cabeça para o lado.

Marcel se aproveitou do momento para tomar a arma de Jérôme e trancá-lo em uma das celas.

– Obrigado, rapaz. Sua inexperiência o ajudou. Você não ficará aqui muito tempo. Amanhã seus colegas da troca de plantão vão chegar e tudo ficará bem.

Ao retornar, Marcel encontrou uma Ana Sofia abatida, estirada ao chão, com um dos braços estendido sobre o peito silencioso de Jules.

Ela se sentia culpada por tê-lo deixado fazer algo tão arriscado. Marcel, porém, tentou lhe abrandar a dor com algumas palavras de ânimo. Então, arrastou-a consigo em fuga reta para o primeiro arvoredo que encontrou logo após os muros do casarão. De lá, tomariam rumo para o sul, uma vez mais, sem muito refletir.

Antes de prosseguir, Ana quis olhar o tenebroso sobrado coberto de musgos, quase camuflado na floresta fria. Depois de um instante em silêncio, desafogou da garganta uma frase doída:

– Marcel, acho que Jules foi meu primeiro amor.

Para que Ana não caísse em uma agonia sem fim, ele teve de ser firme:

– Eu não posso apagar sua dor, querida, mas posso estar aqui com você. Humanamente, é o que me resta a fazer. – e a abraçou com ternura. – Agora tratemos de salvar nossas vidas.

Jules está em um lugar melhor do que nós, bom rapaz que ele sempre foi.

E, sem mais tardar, os dois sumiram de vez em meio a troncos e arbustos, carregando pouca matula e bons pedaços de tristeza.

7

A montanha

Para Ana, tudo o que era sólido e resistente remetia a uma montanha.

Montanha, lugar de minerações e ruminação: era lá onde se escavava o ouro, se criava o gado e se buscava a carne e a lã. As praias eram diferentes para ela: areais não passavam de bons amantes do vento, reconstruindo formas a cada nova maré. Ora, as ondas traziam troncos, galhos, restos de embarcações naufragadas. Outras vezes, era uma baleia morta que tinha como cortejo último gaivotas em revoada sobre um pontal. A orla era, para ela, o signo da instabilidade. A montanha, o de uma ilusória perenidade. O montanhês se mostrava diferente de quem se criava à beira do mar. O homem de terras alterosas, assim como seus bichos e plantas, era desconfiado e reflexivo. Garimpeiro de ideias. Dava um passo somente após olhar para o céu e ler o tempo, pois o que mais lhe assustava vinha do alto, quase sempre. Mas o pescador, assim como os peixes e as algas, era sorridente, ousado e dava suas certeiras remadas ao mirar o horizonte de lado a lado, bem no encontro entre as águas e o céu. Para este, a poesia nascia no lugar desse encontro.

Os dois tipos de homens, para a moça, eram bravos e cheios de qualidades. Ela, por sua vez, se sentia, antes, uma mineradora de palavras. Mineira. Montanhesa. Gostava de tudo o que buscasse o céu, ainda que ocultamente cotejasse o reflexo azul sobre a superfície líquida.

Ana passou várias semanas ao lado de Marcel, escondendo-se com ele, daqui e dali, como se fossem bandidos. E também viveu seu luto por Jules.

Os últimos revezes lhe aproximaram ainda mais do corajoso amigo: em português, "Mar-céu". Foi com o dilema preciso entre o amor pela montanha e a sedução pelo mar que ela conseguiu cruzar com ele as belas regiões que iam de Lyon até os Pirineus. Continuaram a travessia disfarçados de pastores até a fronteira de Andorra, velha terra ignorada na briga de gigantes que destroçava a Europa e boa parte do mundo. Um delicado país neutro, cercado por montanhas, e que acolhia muitos refugiados.

Ela e Marcel tomavam trilhas pouco movimentadas e esbarravam, vez ou outra, com algum homem que pastoreava ou com algum peregrino que buscava uma ermida. Pelos descaminhos, fugiam dos lobos que os perseguiam de noite na forma de matilhas horrendas. Mais do que bichos, talvez fossem pesadelos que os acompanhassem na escuridão. Desviaram-se dos locais de patrulhamento, dando voltas enormes, fazendo desvios que tomavam dias e consumiam cada gota de energia. Usaram canoas, entraram clandestinamente em vagões de trens, caminharam a pé, roubaram cavalos, dormiram em cavernas e sob árvores. Uma rotina muito bem conhecida pela moça judia.

Em certo ponto daquela andança, contaram com a ajuda,

outra vez, da Resistência. Foram abrigados em uma casa bastante discreta, construída em meio a uma floresta de pinheiros. A família francesa que os acolhera por alguns dias se arriscava há meses em ajudar judeus a escapar do país. Porém, apesar da generosidade que lhes foi oferecida, o coração de Ana estava despoetizado. Ela não encontrava motivos para rememorar suas leituras. Sentia-se em desencontro com as palavras, restando-lhe apenas a força de seu "Mar-céu".

Ela desejava saber, em silêncio agoniante e desesperado, onde as palavras poderiam residir em uma montanha. Por isso, ao divisar a muralha dos Pirineus, procurava avidamente por palavras que, por acaso, estivessem perdidas. Olhava as ovelhas, mas não ouvia mais do que o balido repetitivo e monótono daqueles bichos que, ao contrário dos homens, não construíram qualquer civilização. Ana insistia ainda em procurar as palavras nas mãos dos campesinos que encontrava pela jornada, e nelas não via outra coisa além dos ossos agudos dos dedos, envergados pelas amarrações que eram obrigados a fazer e pelas marteladas tediosas do trabalho no campo, década após década. E localizava em suas palmas achatadas os calos, marcas do esforço pesado.

As palavras também não pareciam morar sob os tetos rosáceos dos casebres, nem nas pedras das ruelas úmidas ou no limo das telhas de ardósia.

Para Ana, exausta em sua busca, pedra, enfim, era mesmo pedra, e qualquer abertura em uma montanha era fenda, buraco, orifício. Não representava mais entrada, nem saída. Tampouco passagem.

Ela se percebia exaurida da insuportável viagem, a qual

drenara todo o leite e todo o mel que um dia conseguira ver nos pedregulhos e nas cascas das árvores.

Não só o preconceito e o julgamento que sofrera até então eram dolorosos. A eles se somava o trauma que advinha de tantas vidas que se perderam. Das tomadas de decisão às pressas. Do desespero de não poder fazer muito. De não saber se amanheceria viva. O trauma, para Ana, era como uma leitura mal feita, ou antes, nunca realizada. O trauma era um sem-texto. Um não entendimento que se tornava repetição. Quando muitas daquelas pessoas perseguidas não conseguiam fazer qualquer coisa a partir das experiências lancinantes, restava a elas a insistência surda e oca da dor, como goteira que não se estancava. Como um orifício no telhado que não aceitava conserto.

A moça sabia que cada pedra pisada ao se subir uma montanha alterava toda aquela monstruosa geografia. Ainda que fosse um cascalho de nada.

No abismo de suas investidas, a maior parte da caminhada já tinha sido realizada e um alto preço fora pago.

Quando descansava com seu amigo no anonimato dos matagais, suas lembranças iam longe.

Junto à Resistência em Saint-Dizier, Ana Sofia veio a saber do destino de uma figura intelectual ainda sem muito brilho em sua época, mas que se tornaria fulgurante estrela do pensamento no século vinte. Como ela e Marcel, o filósofo judeu Walter Benjamin havia feito, tempos antes, uma viagem para entrar na Espanha e fugir do nazismo. Na noite de 26 de setembro de 1940, porém, morreu em Portbou, província de Girona, na linda costa da Catalunha, em terras espanholas. Tinha chegado exausto ao lugarejo após uma penosa *via crucis* que o conduzira pelos Pirineus, juntamente a outros refugiados. Benjamin vinha de Paris, onde se exilava desde 1933.

Cogitou-se muito sobre a causa da morte do pensador. Dizia-se até em suicídio por overdose de morfina – o que, entretanto, nunca convenceu em definitivo. Quando ele finalmente entrou no país no qual pensava obter algum sossego, teria recebido uma proibição de permanência: a perversa máquina estatal franquista atuava já mesmo na alfândega. Alegaram documentação incompleta: ele não tinha cidadania francesa e, com a ascensão do nazismo, não possuía mais um passaporte alemão válido.

Portbou, com suas pouco mais de duas mil almas e uma cintilante baía, era entroncamento ferroviário entre Marselha e Madri. Não estando autorizado a usar a estação ferroviária internacional local para continuar a rota até Lisboa, de onde tomaria um navio para Nova York, Walter Benjamin foi escoltado por dois guardas até o Hotel de Francia, do outro lado da gare. Dizem que três policiais franquistas permaneceram de guarda do lado de fora de seu quarto. Na manhã seguinte, Benjamin seria deportado e encararia as autoridades cúmplices do nazismo na cidade francesa de Vichy. Comentava-se que tanto agentes da Gestapo quanto da KGB poderiam estar hospedados naquele hotel com feições de pensão.

Apesar das variadas versões, Ana Sofia tinha para si que aquele homem grandioso, em situação clandestina e de ilegalidade, havia sido assassinado. Quem o encontrou falecido teria sido a fotógrafa Henny Gurland, uma das quatro mulheres que o acompanhava no degredo. O pensador teria sido morto pela polícia secreta soviética por ordens de Stálin? Henny era suspeita, pois suponha-se que seu marido, Arkadi, fosse espião da União Soviética.

À morte de Walter Benedix Schönflies Benjamin seguiu-se um mistério próprio para os filmes em preto e branco de espionagem. Testemunhas disseram que o filósofo levava consigo, durante a fuga, uma mala pesada com originais de um livro inédito, cujo texto jamais foi encontrado. Quem sabe, horas depois, alguém já não levasse consigo a tal mala em um trem Barcelona-Madri, o que deixaria perdido para sempre o valioso manuscrito.

Quando ela e Marcel cruzaram de fato a fronteira com Andorra, despedindo-se da França, um alívio enorme lhes sobreveio. Então, pelos poucos vilarejos do gentil principado montanhoso, notaram uma enormidade de pessoas que caminhavam furtivamente, algumas paradas em pequenas tabernas, outras acampadas mais ao longe ou asiladas em igrejas. Ainda que houvesse um tom de desconfiança no ar, no seio daqueles vales e riachos reinava uma paz supostamente impossível: dentre os que encontraram pela jornada, havia uma mistura estranha composta por militares poloneses, por franceses desejosos de se juntarem às forças armadas na África do Norte e por aviadores aliados abatidos – dentre os quais alguns britânicos, canadenses e americanos. E viram, em grupos esparsos daqui e dali, dezenas de judeus fugindo das perseguições nazistas e do duro regime da França de Vichy, além de supostos espiões e agentes secretos dos dois lados da Guerra, que trocavam entre si sorrisos economizados. Entre os andorranos, havia atravessadores ou simplesmente pessoas que hospedavam os que estivessem de passagem pelo minúsculo país.

Andorra era uma terra que parecia desprezada por Franco e Hitler: cada qual possivelmente deixou ao outro aquele legado aparentemente insignificante e, por isso, o pequeno país continuou sua vida campesina.

Pas de la Casa foi o ponto de entrada. Não mais do que um esparso aglomerado de casas a aproximadamente dois mil metros de altura, a localidade era bem isolada, cercada por montanhas que se cobriam de neve no inverno.

Depois, Ana e Marcel seguiram por uma senda que os levou a Encamp, uma comunidade assentada sobre um pequeno vale, onde foram acolhidos por alguns dias. Lá, eles se recuperaram e fizeram uma breve amizade com Julià, filho de um comerciante e que tinha idade aproximada à da moça. O rapaz falava francês, catalão e espanhol. Ele e Ana adotaram a língua de Molière como idioma geral de suas confabulações, em consideração a Marcel.

Os recém-chegados contaram a Julià suas desditas e foram amplamente compreendidos. Dali em diante, os três enlaçaram-se rapidamente em um forte afeto. Participaram de noites divertidas ao som do acordeão, instrumento que o andorrano tocava com talento promissor.

Certa manhã, bem cedo, mal a bruma começou a se dissipar, Ana notou que as montanhas de Andorra que ela vira desde o lado francês não eram como imaginara. Sentia-as bem próximas de si, como gigantes. Admirava o aspecto selvagem e abrupto de alguns cumes, ladeados por bosques que só se interrompiam pela intromissão de enormes rochas cinzentas que pesavam a paisagem, e, ao mesmo tempo, lhe conferiam uma marca misteriosa.

O cabrito montês subia por aquelas serras íngremes com uma facilidade só dele. Marcel, Ana e Julià, porém, o faziam lentamente, acompanhando velhas trilhas que lhes permitiam fazer longos passeios, buscando alhear-se do tempo para investirem em uma cumplicidade deliciosa. Deitavam-se sobre ramas floridas ao lado dos regatos gelados, tomando na pele o sol que lhes beijava os lábios. De mãos dadas, isentos do furor bestial que se dava a alguns quilômetros para o norte e para o sul, eles se amaram muitas e muitas vezes sobre o tapete fofo que lhes compunha o cenário bucólico. Um quadro impressionista delicado, mas feito com fortes pinceladas.

Ela e os dois rapazes. Os dois rapazes e ela.

A força da terra e o sopro da vida lhes aravam os corpos nus.

— Você não tem falado muito, Ana. Só vive enfiada em seus pensamentos há dias. — lamentou-se Marcel durante uma daquelas caminhadas, ao que ela nada disse.

Daí, minutos depois, sobre um campo elevado, os três se assentaram. Permaneceram despidos sobre um rochedo enorme. E lá ficaram a ver os vales.

Ela apontou ao longe com o dedo indicador e finalmente murmurou algo:

— Ali ainda é a França. Mas daquele lado, vejam... onde estão aquelas montanhas que parecem eternamente azuis. Lá já é a Espanha. Os Pirineus catalães.

— Aqui vocês estão salvos agora. — disse-lhes Julià, com os encantadores olhos castanhos um tanto tristes por pressentir a partida. — Não há motivo para entrarem na Espanha. Sabem que Franco não é muito melhor do que Hitler.

— Por mim, querido Julià, eu ficaria aqui eternamente.

— confidenciou-lhe Marcel, suspirando. — Entretanto, tenho dentro de mim um compromisso com meu país. Com a doce França. Preciso voltar à Resistência.

— E eu, meu *bon amic*, tenho de buscar minha família desaparecida. E voltar ao Brasil. É lá que quero viver o restante de meus dias, ainda que aqui, em Andorra, eu tenha tido momentos ininterruptos de tranquilidade e encantamento. Sou uma mulher como essas montanhas. — disse, apontando a linha dos picos rochosos. — Vejo-me atravessada pelo desejo de ir mais além, mas com vontade de ater-me a este solo, de fincar-me aqui, de ser uma dessas belas árvores, de partilhar de seu idioma materno, Julià. O catalão me apascenta, me acalma. É uma língua tão parecida com outras que conheço, mas não é nenhuma delas. É única. Cada um é singular em sua própria conformação.

Após dizer aquilo, ela fixou os olhos na descida do penhasco e adivinhou que alguns camponeses estavam a matar um carneiro.

— Os homens sabem a morte, Marcel e Julià. E sabem da morte. Sabem que se vão. O bicho não-humano se finda, de um jeito ou de outro: por morte matada, por morte morrida. Mas gente... gente mesmo... é mortal. A morte está diante das pessoas. Está atrás delas. Ao norte, ao sul. Ao centro. Alberto Caeiro, um dos heterônimos do grande poeta português Fernando Pessoa, escreveu: "Antes o voo da ave, que passa e não deixa rasto,/ Que a passagem do animal, que fica lembrada no chão". Somos animais que deixam marcas. E por isso há luto e dor.

Marcel era um homem prático, ainda que entendesse o significado daquelas frases:

– Fique tranquila, Ana. Daqui a pouco tempo você retomará sua caminhada, mas na velha Espanha. Pena que não poderei lhe fazer companhia. E um dia, no seu estimado Brasil, você estará segura e aquecida ao lado de um grande amor, partilhando a mesma cama com ele.

Ela o contradisse:

– Marcel, ninguém se salva totalmente na vida. O que fazemos é continuar. Driblar as agruras. Contornar as dificuldades maiores. É o que temos feito essas semanas todas. É o que eu faço desde que retornei com minha família para a Holanda. Ou talvez desde que tenha nascido judia.

E não quis mais confessar suas reflexões íntimas sobre o morrer e o viver. Calou-se, porque a lembrança do dia em que Jules havia matado um pequeno cervo lhe retinia na memória, ladeira abaixo.

Finalmente, desceram de vez a montanha.

– Tem esperança de rever seus familiares? – perguntou-lhe Julià.

– Tenho uma esperança meio nublada, querido. – ela respondeu. – Um fiozinho. O suficiente para que eu sofra menos.

– E, depois que estiver na Espanha, dormindo em paz com seu travesseiro, qual será o roteiro?

– Não sei se dormirei em paz... Tem horas que sou muda e amarga, não disfarço. Precisarei de um navio que saia de Lisboa para ir ao Brasil. Não que aquele país tropical seja o paraíso. E existe tal lugar na Terra? Ao menos, foi em São Paulo que encontrei uma estranha mistura de olhares, gostos e jeitos de se pensar. Ou mesmo de não se pensar. Imagine pessoas movidas por uma alegria quase exuberante, sem grandes esperas, mas cheias de uma graça por se estar vivo. É isso o que eu busco. Uma graça em me sentir viva. Apesar de tudo.

– Um milagre. – completou Marcel.

– Milagre, não sei. Busco um não sei quê. Sou mulher. Há muito deixei para traz a menina que fui. As coisas da infância. A moça que desejei ser. Ser mulher é ser atravessada por montanhas. Vales. Invaginações. Relevos tantos. E, ao mesmo tempo, é não se ter uma topografia certa. Agora, vou me reapropriando das palavras, as quais acreditei perdidas por todo esse tempo de silêncio durante parte da travessia. Quando pensei que não as tinha, elas estavam sempre à minha volta, como anjos da guarda. Não dentro. Não, meus amigos, as palavras nunca estão dentro. Vêm todas de fora, como insetos coloridos a nos interpelar, como granizo no rosto, como castanhas que nos caem sobre as cabeças. Vi palavras naquelas ovelhas pasmadas, nos sulcos das faces dos campesinos, na árvore que nada parecia me dizer e, ainda assim, tudo me dava. Difícil de entender, não é?

Os dois fizeram que sim com um meneio da cabeça.

– Então, vejo que as palavras retomam curso em sua boca. Fico contente. – falou Marcel.

– Parece que sim. Essas montanhas me fizeram um enorme bem, muito mais do que me garantir a liberdade provisória. Do que adianta estar vivo se não se pode gozar daquilo que a vida tem de mais dadivoso: as pequenas escolhas de cada instante? Nessas últimas semanas, quando me acreditei desprovida das palavras, elas estavam de fato aqui, o tempo todo, mas caladas pela dor. Eu as trabalhava em mim como o mineiro que sulca os veios da montanha em busca de seu ouro. Só que eu não sabia. Ou o sabia com um saber diferente.

Ela respirou fundo. Daí, como se desse um presente a Marcel e Julià, recitou em bom português uns versos de Alberto Caeiro:

"Pastor do monte, tão longe de mim com as tuas ovelhas –
Que felicidade é essa que pareces ter a tua ou a minha?
A paz que sinto quando te vejo, pertence-me, ou pertence-te?
Não, nem a ti nem a mim, pastor.
Pertence só à felicidade e à paz.
Nem tu a tens, porque não sabes que a tens.
Nem eu a tenho, porque sei que a tenho.
Ela é ela só, e cai sobre nós como o sol,
Que te bate nas costas e te aquece, e tu pensas noutra coisa indiferentemente,
E me bate na cara e me ofusca, e eu só penso no sol."

E, em seguida, olhou bem dentro dos olhos de Marcel, que tanto se arriscara por ela:

– Não vou esquecê-lo jamais, Marcel. E não quero me lembrar da Europa com agruras. Em vez de pensar no frio e na fome da prisão, vou me recordar do quase infantil Jérôme, que fez com que tantos fossem salvos. Em vez de pensar no medo que experimentei no casebre do pântano, vou me lembrar do fogo aceso à noite. Das histórias que contei a Jules. Da lucidez febril de Judite. Do charme de Julià e de seu acordeão. Não quero relembrar meu vilarejo como um monte de ruínas e paredes furadas por projéteis. Nem minha casa será um território fantasma a habitar meus pensamentos. Tampouco minha família irá se compor de habitantes assombrosos. Nada disso. Até das memórias fazemos nossas escolhas. O que me trouxe até o alto da montanha que acabamos de descer foi a coragem. E o que me fará olhar para trás com ternura, e para frente com esperança, há de scr a alegria. Por isso, bem dentro de mim, verei para sempre meus pais e minha irmã em volta da mesa, à hora da sopa. E minhas amigas brincando no paço. Vou repetir suas cantigas melodiosas e, como se carregasse comigo um álbum de velhas fotografias, vou reviver o inverno na Holanda. A primavera na França. O murmúrio dos rios com seus leitos serenos. A algazarra morna das criaturas lentas dos brejos, cochilando entre galhos e pedras. Ou os passarinhos pernaltas que se parecem com meninos de calças curtas. É isso o que vou levar comigo.

Depois, sussurrando a Marcel enquanto Julià fingia distrair-se com frutinhas selvagens, ela confessou:

– E, sim, também vou levar seu sorriso claro, suas bochechas rosadas e sua voz cheia de energia.

E, voltando-se aos dois:

– Mais do que isso, terei em meu corpo, para sempre, a marca dos homens de valor que aprendi a amar.

Depois, ela abraçou os dois ao mesmo tempo. Foi um aperto forte e longo. E beijou os dois na boca ao mesmo tempo de maneira intensa, caprichosa e coquete.

Cerca de uma hora depois, Ana Sofia deixou a casa de Julià levando suas bagagens. Os dois rapazes foram com ela em charrete até a fronteira com a Espanha. Os animais, de pelagem muito luzidia, puxavam o carro por descidas e vales. No percurso, uma vaca triste parecia morta. Mas era apenas um bicho sonolento, despojado à entrada de Andorra Velha, cidadezinha pacata com suas casas de pedra, de cujos tetos saíam fumacinhas sem-vergonha. Foi lá que Ana pediu para pararem a fim de que ela comprasse alguns doces.

Deixando a cidade, percorreram ainda um bom pedaço de chão. A estradinha, no fundo da garganta de florestas íngremes, parecia, do alto, uma linha costurando pedaços irreconciliáveis do mundo.

Na fronteira, finalmente os três se despediram. Sabiam que jamais se veriam de novo.

Ana entrou em um ônibus azul que aguardava outros viajantes, todos eles tomando assentos timidamente, cada qual tendo se despedido de alguém que ficava.

Ela tomou um assento à janela, mas, quando olhou para acenar, não viu mais do que duas belas árvores cujas copas eram balançadas por um vento repentino.

Os dois rapazes se haviam ido.

⚜

Cerca de hora e meia depois, a jovem descia do ônibus para bater à porta de uma cabana antiga, erguida ao pé de um dos altos montes que formavam a cordilheira dos Pirineus da Catalunha. Olhou para trás, em direção à gentil Andorra, cujos picos mais elevados talvez pudessem ser divisados. Uma saraivada de ventos levantou ao céu o pó e as folhas caídas.

Um velho muito desconfiado abriu-lhe a porta.

– O senhor deve ser o rabino Nissim. – disse ela, em sonoro iídiche.

— Está correta, moça. Posso ajudá-la?

Ela começou ali mesmo a lhe contar sua história recente, sem se ater muito aos detalhes, na pressa de ser bem recebida. Ao notar o quanto estava esbaforida e ansiosa, o senhor fê-la entrar e se assentar. E chamou a esposa, Laila, para que também escutasse a narrativa.

Aquele foi um longo dia, acalentado por uma boa comida e por uma taça de vinho. Em pouco tempo, Ana Sofia estava se sentindo querida e amparada pelo casal, que parecia tê-la adotado como uma filha.

Por várias semanas, ela viveu naquele vilarejo incrustado na parte alterosa mais ao norte da Espanha, recuperando-se dos meses de desespero e fuga. Malgrado a repressão que a região catalã sofria da ditadura franquista, sobretudo Barcelona e proximidades, o isolamento proporcionado pelas montanhas era garantia de certa tranquilidade. Em pouco tempo, Ana, além do espanhol, falava o belo idioma de Julià para se comunicar com a vizinhança e desvendava os segredos escondidos nos ermos daquelas belas terras.

Ela adorava ver a mudança das estações.

Agosto se despedia e, em breve, o outono daria seus primeiros suspiros. As folhas despencariam aos poucos e flutuariam dentro dos riachos como canoas para formigas.

Laila desenvolveu pela moça um apreço enorme. Foi ela quem, mais do que o marido, apresentou-a à comunidade e fez com que conhecesse novos amigos. Aos olhos e ouvidos de todos, Ana Sofia era uma moça que sabia contar instigantes histórias, conhecia de cor poemas grandiosos, falava outras línguas e carregava livros na mala. Ela permitiu que os catalães conhecessem não apenas seus autores prediletos do século anterior, mas também os contos matutos de Monteiro Lobato, os assanhamentos de Oswald de Andrade, as ironias de Mário de Andrade. E, nos serões às quintas, ela os surpreendia com os índios de *O Guarani* ou com a personalidade de Brás Cubas em sua deliciosa narrativa. E traduzia-lhes aquilo tudo, horas a fio, segurando a atenção de todos e, sobretudo, o olhar dos bonitos *mozos*.

Foi pensando em Jules e também em Marcel, porém, que ela leu em português, e depois o fez em espanhol, um trecho daquele famoso romance indianista de José de Alencar:

"*Ceci* era o nome que o índio dava à sua senhora, depois que lhe tinham ensinado que ela se chamava Cecília.

Um dia a menina ouvindo chamar-se assim por ele e achando um pretexto para zangar-se contra o escravo humilde que obedecia ao seu menor gesto, repreendeu-o com aspereza:

– Por que me chamas tu *Ceci*?

O índio sorriu tristemente.

– Não sabes dizer Cecília?

Peri pronunciou claramente o nome da moça com todas as sílabas; isto era tanto mais admirável quanto a sua língua não conhecia quatro letras, das quais uma era o L.

– Mas então, disse a menina com alguma curiosidade, se tu sabes o meu nome, por que não o dizes sempre?

– Porque *Ceci* é o nome que Peri tem dentro da alma.

– Ah! é um nome de tua língua?

– Sim.

– O que quer dizer?

– O que Peri sente.

– Mas em português?

– Senhora não deve saber.

A menina bateu com a ponta do pé no chão e fez um gesto de impaciência.

D. Antônio passava; Cecília correu ao seu encontro:

Meu pai, dizei-me o que significa Ceci nessa língua selvagem que falais.

– *Ceci?*... Disse o fidalgo procurando lembrar-se. Sim! É um verbo que significa doer, magoar.

A menina sentiu um remorso; reconheceu a sua ingratidão; e lembrando-se do que devia ao selvagem e da maneira por que o tratava, achou-se má, egoísta e cruel.

– Que doce palavra! disse ela a seu pai; parece um canto de pássaro.

Desde este dia foi boa para Peri; pouco a pouco perdeu o susto; começou a compreender essa alma inculta; viu nele um escravo, depois um amigo fiel e dedicado.

– Chama-me *Ceci*, dizia às vezes ao índio sorrindo-se; este doce nome me lembrará que fui má para ti; e me ensinará a ser boa."

Ana muito lia para amar o silêncio.

Ao anoitecer, olhava, da janela de seu quarto, as montanhas que circundavam o vilarejo: um cinturão azul-esverdeado que abraçava o horizonte de lado a lado. Ela nunca tinha ido ao cinema, mas imaginava, pelo que haviam lhe dito, que talvez estivesse tendo uma experiência como a que se tinha nas salas de exibição: debruçada no bonito beiral verde sobre a cama, ela sentia a paisagem. Daquela maneira, as coisas entravam e saíam de sua tela particular: ovelhas a balouçar os guizos, guardadores de gansos esbaforidos, burrinhos carregados de crianças em seus balaios. E havia ainda o queijeiro mal-humorado e sua gorda mulher em vestido florido. Aquele universo pitoresco passava de maneira repentina e descompassada em frente à casa do bom Nissim.

Um dia, o rabino encontrou Ana a sós no pequeno jardim ladeado por muros de pedra e quis entender o que se passava em sua cabeça:

— Você acha que o ser humano é mau, Ana?

— Não sei responder, rabino, mas tenho pensado seriamente sobre isso. Há muitas separações entre pessoas e entre grupos e etnias. Raiva. Ódio. Os motivos giram em torno daquela vã certeza de que uns sabem mais ou podem mais do que outros. As pessoas querem amar, desde que amem alguém que seja como elas: à imagem de si próprias. E com isso se perdem em suas ideologias, em suas crenças, em suas razões. Neste mundo, não se suporta o sucesso do outro. A felicidade do outro. E, sobretudo, a diferença do outro. Não aceitamos que o outro possa ser feliz de uma maneira diversa da nossa.

— Intolerância parece ser o nome para isso. — comentou o homem.

Uma chuva preguiçosa começou a cair e os dois entraram para se refugiar em volta da pequena lareira da sala. Laila fazia planos para que Ana criasse raízes nas terras da feérica Catalunha. Iria lhe aperfeiçoar a língua catalã e matriculá-la em um liceu para moças, ao que ela gentilmente recusou:

— Desde que retornei do Brasil, não penso em outra coisa a

não ser regressar para aquele país. Eu não vim à Espanha pensando em me estabelecer por aqui, dona Laila, mas em fazer uma passagem breve. Desejo trabalhar algum tempo e juntar dinheiro para voltar ao rincão tão distante que marcou minhas lembranças para sempre.

A mulher do rabino se entristeceu. Nunca haviam tido rebentos e Ana Sofia era uma filha sonhada. Porém, não havia como cercear o sonho de uma jovem tão cheia de experiências e tão decidida.

A moça não sabia como ou onde, mas queria buscar a família. As notícias que lhe chegavam diariamente, a boca-pequena, porém, eram sobre judeus capturados e conduzidos por tropas nazistas a campos de concentração, os quais haviam se multiplicado em vários dos países invadidos. A tristeza que às vezes a arrebatava se devia a uma constatação sombria: a de que jamais poderia reaver os seus.

Aos poucos, a mudança das estações, as de dentro e as de fora, fizeram-na entender que algumas coisas na vida se vão e não se recuperam. Com exceção das palavras. Aquelas, sim, lhe iluminavam o espírito como um corolário de pequenas joias.

As palavras não lhe faltavam ao trabalho do corpo.

Durante um tempo, Ana Sofia estagiou em uma pequena fábrica de objetos de cerâmica. Gostava de manusear o barro e de moldar formas ao girar o torno com o pé. Adorava fazer sopeiras, que, depois, eram levadas ao forno e mergulhadas em esmalte branco. Então, outros oleiros encaminhavam as delicadas peças a uma meia dúzia de velhinhas meio desdentadas que pintavam paisagens montanhosas nos vasilhames.

Economizando o dinheiro que recebia, decidiu, dois meses

mais tarde, partir em um quase-novembro friorento, deixando para trás aquelas pessoas da terra, que aprenderam a apreciar sua inteligência viva e seu espírito valente.

Trincou entre os dentes saborosos docinhos de amêndoas chamados *panellets*, guarneceu-se das boas batatas doces que se comiam naquela época do ano e pôs no cabelo uma flor alegre.

O rabino e sua esposa ficaram em pé no portãozinho que ligava as duas partes do muro de pedra da velha casa assobradada, e não desviaram o olhar até que a jardineira amarela sumisse na curva tortuosa da rua.

Só então é que Nissim, apertando a mão da esposa, pronunciou palavras que se inscreveriam para sempre entre os segredos do musgo e da hera:

"O Senhor te abençoe e te guarde.
O Senhor faça resplandecer o rosto sobre ti.
O Senhor sobre ti levante o rosto e te dê a paz."

Cerca de trinta minutos depois, Ana Sofia desceu do ônibus e tomou um trem. Três horas mais tarde, após atrasos inesperados no comboio, chegou a Barcelona, cidade desconhecida para ela. Daquelas plagas, nada havia sabido, a não ser de alguns dos poemas de Joan Maragall, escritor de cuja obra ela tivera esparsas notícias. Quando ainda vivia no Brasil, fizeram-lhe chegar às mãos um poema de Maragall, em catalão e castelhano, e que ela muito admirava: "La vaca cega".

Sua primeira tarde na *Ciudad Condal* foi úmida: uma neblina suave lhe chegou à fronte soprada desde o mar. E, como espesso véu, cobriu rapidamente os telhados vermelhos e escondeu os varais que se debruçavam sobre as ruazinhas a partir das janelas dos sobrados, dependurando intimidades.

Nos poucos dias em que permaneceu em Barcelona, alojada em um pensionato para moças detrás da igreja de Santa María del Mar, Ana se encantou pela cidade. E o encanto deslindou-se em amor.

No bairro gótico, de sabor medieval, erguia-se a catedral de Santa Cruz e Santa Eulália, envolta em um manto de mistério. Para além, cruzando-se um pequeno labirinto de vielas, abriam-se largas avenidas e, em seguida, as construções que Gaudí deixara ao mundo.

No pequeno *call*, o bairro judeu de ruas espremidas entre lojinhas que acomodavam gatos lerdos, Ana fez breves amizades entre um e outro merengue colorido, aquela guloseima colorida e açucarada que lhe afagava o coração, chamada de "suspiro" no Brasil. Ela preferia o nome em português, que traduzia algo de mais profundo.

Na tarde seguinte, solitária em uma caminhada que tomava a direção esquerda desde o porto, deixou as marcas dos pés na areia da praia. Perto, havia pescadores desajuizados e barulhentos rodeando uma fogueira.

A moça viu, pela primeira vez, as águas do Mediterrâneo, quiçá mais cristalinas do que pudera supor, e em um tom verde-azulado que lhe arrebatava o olhar. Pareciam, e deveriam ser, as mais belas dentre todas as colorações daquele mar antigo.

Uma hora depois, anoitecia.

Em um pequeno pontal, admirando a beleza fulgurante do encontro entre céu e águas, foi abordada por um catalão de nome Jordi. Com não mais de vinte anos, um tanto franzino e barbudinho, ele se achegou a ela oferecendo-lhe uma laranja. Não tinha boas intenções e ela notou.

Ana Sofia tinha a impressão de que Jordi era o nome de todos os varões batizados entre aquela gente. Recusando a fruta com gentileza, não evitou comentar em razoável catalão qualquer coisa sobre Barcelona para se distraírem.

Ele a cortejou de forma um tanto rude a princípio, mas ganhou por quase meia hora a atenção da moça. Ana, não querendo ser deselegante, inventou uma história engraçada e leviana sobre quem era e o que lá fazia.

Jordi fingia que prestava atenção ao que ela narrava e, sem perder tempo, entre um riso e outro, o rapaz a tomou nos braços e roubou-lhe um beijo. Depois, correu pela praia com ar vitorioso e, bem mais adiante, juntou-se ao grupo lascivo de pescadores que bebiam ao redor de uma fogueira.

Ana correu em seguida para o pensionato. As outras moças que por lá estavam não lhe eram de todo simpáticas. O franquismo espalhou-se pela Espanha como uma mancha tenebrosa e era difícil saber em quem se podia confiar.

Ficou deitada em sua cama pensando em Jordi. Invadiam-lhe a alma pensamentos misteriosos. Em tão pouco tempo havia vivido a intensidade de coisas que a fizeram amadurecer de forma rápida.

Na manhã seguinte, ela retornou à mesma praia e viu ao longe o rapaz que a beijara sendo repreendido pelo pai, que insistia para que ele tecesse devidamente as tramas de uma rede de pesca.

Ela esperou que Jordi estivesse sozinho para se aproximar. Ao vê-la, ele corou e disse entre os dentes que não poderia conversar, pois estava trabalhando. Também quis se desculpar, mas a Ana só coube puxar o jovem para si e fazer com ele o mesmo que ele fizera na noite anterior. Roubou-lhe um beijo. Era a recordação que queria ter consigo da fascinante Barcelona.

Alguns dias mais tarde, ela tomou um barco que a conduziu até o porto de Lisboa, onde pegaria a embarcação definitiva que a levaria de volta ao Brasil.

Não só a ela, mas também ao filho que carregava no ventre.

O grande nome escrito em verde no casco do grande navio era "Esperança".

8
O continente

Em Lisboa, ela permaneceu apenas de um dia para o outro em uma pequena pensão próxima ao Cais do Sodré. Teve a tarde livre para subir ao castelo de São Jorge e apreciar o dourado que tingia a cidade quando o sol queria adormecer.

À noite, desceu pelas vielas da Alfama, onde escutou uma fadista de pungente voz cantando em uma taverna. À porta do lugar, riam-se uns soldados alemães muito embriagados de vinho. Um deles saiu ladeira abaixo atrás de Ana, mas apenas em galhofa, retornando em seguida para seu grupo de colegas.

Com o coração em disparada, a moça decidiu retornar à hospedaria e fazer seu jantar por lá. Desejava abandonar a Europa o quanto antes e atravessar o Atlântico. Voltar a um passado que foi possível. Regressar a bons dias adiados, a uma vida sempre nova e estranha que germinava, no tempo das águas, seus rebentos baldios: naquele país enorme, fosse nas praças, nos lotes vagos, nos pastos, nos campos, nas matas, o verde se erguia ao léu, alheio à inconstância da humanidade.

Para Ana, pensar no Brasil era acalentar uma saudade

doce, uma brisa de mar, um cheiro de montanha, apesar das mágoas que ela carregava. Sua família havia sido expulsa e, não fosse aquilo, estariam todos juntos.

Porém, ela insistia em rever a tropical cidade de extremos, de verões quentes, de brumas à tarde, de gelado inverno. Pensava na garoa que viera. Na garota que ela era. Pequenas gotas que cobriam a vidraça com pontos geométricos. Um bordado estrangeiro. Os olhos embaçados pela neblina na manhã fria de junho ao se caminhar para tomar o bonde, mas, também, a mirada perplexa ante os grandes torrões de granizo que caíam sobre a cidade agitada e destelhavam homens e mulheres no verão.

As semanas no mar faziam-na sentir cada vez mais as novidades que a gravidez trazia. Ana gostava de se fechar em sua cabine com vista para as ondas. Aquela fora sua benesse: ter tido dinheiro o suficiente para conseguir um espaço só seu no "Esperança". Deitava-se e, horizontalizada, apalpava a barriga que crescia como uma montanha.

Seu corpo era terra em alto-mar.

Para se distrair, lia livros em idiomas diversos, disponíveis na minúscula biblioteca do barco, bem ao lado da sala de operações. Levava-os para o convés e passava horas distraída, esticada sobre uma cadeira para tomar sol. À sua frente, de um lado para o outro, como uma multidão de insetos, vagavam centenas de imigrantes. De suas bocas, ouvia-se de tudo um pouco naquele meio-mundo poliglota, ilha flutuante de tramas entrecruzadas.

Algumas das histórias que Ana guardara para si faziam parte dos tantos contos que os viajantes relatavam uns aos outros para passar o tempo e alinhavar as vidas, dando-lhes sentido. Como ela, muitos haviam perdido na guerra suas pessoas amadas e queriam tentar outra narrativa pessoal. Vários iam ao encontro de parentes e amigos que tinham partido antes deles para o Brasil. Cada um, todavia, e invariavelmente, tinha seu próprio romance pessoal e coletivo, preenchido por lacunas... entremeado por reticências...

Quando alguém perguntava a Ana Sofia sobre quem era o pai do filho que trazia dentro de si, ela lhes descrevia um belo jovem, sem se ater a detalhes. "Era francês? Era alemão? Catalão quem sabe?", queriam saber as velhotas desocupadas estendendo as línguas pelo convés.

Naqueles momentos, a moça se calava e esboçava um risinho enigmático enquanto fazia carícias sobre o redondo ventre.

Em uma das mãos ela sempre tinha um livro. Na outra, por entre os dedos, passavam as palavras que vinham com a brisa, leves, soltas, alvissareiras.

Ana gostava de imaginar o pai de seu filho. Deitava-se na cama, abria a porta do balcão que dava vista para o mar e ficava a sentir o sopro do bater das grandes asas do Tempo, senhor piedoso.

– Casaram-se? – indagou-a certa manhã uma velha judia, tremendo de curiosidade.

– Por certo. – disse Ana, só para evitar comentários estapafúrdios, mesmo que aquilo contrariasse seus ímpetos de sinceridade. Ela achava que a excessiva franqueza perante os mais obtusos poderia parecer como uma esponja áspera esfregada no rosto.

Ana aprendera que o preconceito, a injúria e a dor caminhavam onde quer que as pessoas estivessem, desde que mutuamente incomodadas por suas diferenças.

No litoral, na montanha, no mar. Nas casas, nas ruas. Nos desertos até.

Depois de os imigrantes, agremiados no convés mais alto, despedirem-se de uma das ilhas de Cabo Verde, onde o navio ancorara para ser reabastecido, ela se sentiu definitivamente a caminho do lugar que desejava. E cada pôr de sol sobre as águas era uma tentativa solitária de reaver-se consigo mesma. Uma espera.

Amontoados como bichos, muitos cheios de piolhos e percevejos, os viajantes menos abastados sacolejavam como os seres de uma última arca de Noé, à espera da terra generosa que despontaria no horizonte, mais cedo ou mais tarde. Derradeiro êxodo.

– O Brasil é Canaã. – falou um rabino triste, que velava o corpo da esposa que falecera misteriosamente.

Com medo de contraírem doenças, os demais evitavam comparecer à saleta enlutada. Ana foi a única que se achegou a ele. Tocou-lhe o ombro magro e sussurrou:

– Coragem. E depois... bem depois, eu sei... alegria! *Hevenu Shalom Aleichem!*

Nos próximos dias, a moça viu o mar se encher de um belo azul por diversas vezes. Pareceu que nunca mais uma nesga de terra despontaria no horizonte.

Durante as manhãs, era comum se avistar, do alto da amurada, troncos de coqueiros junto a frutos e folhas. Aquilo boiava próximo ao navio como pequenas jangadas de náufragos. Seguiam seus próprios caminhos, trazendo a certeza de que a terra chegaria.

Finalmente, a viagem proporcionou a Ana o privilégio de amanhecer com a surpresa de um discreto farol soerguido sobre os rochedos povoados pelas aves do arquipélago de São Pedro e São Paulo.

Naquelas latitudes, uma polonesa, atacada por febre e loucura, segundo disseram, decidiu se jogar ao mar. Com um belo vestido negro à moda antiga, em estrutura de barbatanas e babados em fino bordado, a mulher se armou sobre as mansas ondas como um enorme guarda-chuva e, a cada lambida d'água, afundava mais um pouco, até que seu braço acenou uma derradeira vez ao navio, não em socorro, mas em incompreensível despedida.

Aquela tragédia marcou os mil quilômetros de distância até a chegada definitiva ao continente. O rosto melancólico da polonesa, com quem Ana Sofia conversou algumas vezes no deque superior ou no restaurante, ficaria impresso em sua lembrança por dias. Tratava-se de uma senhora da alta burguesia que perdera tudo após a invasão nazista. Com grande dificuldade, ela conseguira sair do território do Reich e entrar no neutro Portugal. Nem bens, nem familiares lhe restavam. A amargura lhe revestia o rosto violáceo todos os dias, ainda que a inclemência do sol tentasse iluminá-lo.

– Quanto tempo mais vai durar a travessia? – perguntava a mulher em francês muito econômico aos que passavam perto dela, sempre habitada por imensa impaciência.

Muitas vezes, corria para alguma cadeira de tomar sol e lá chorava sem consolos, até cair em um torpor que durava horas.

– Não posso mais esperar esta viagem se findar. Assim que vir qualquer terra, descerei. – repetia em voz alta.

Durante a travessia, vários homens, mulheres e crianças pereceram. Seus corpos eram furtivamente lançados às espumas do mar após serem enrolados em lençóis com uma pedra atada, para que afundassem logo. Ana Sofia participou à distância de várias daquelas cerimônias rápidas, que geralmente aconteciam quando todos tinham ido dormir.

Em outra manhã ensolarada, Ana esqueceu-se das dores que testemunhara a bordo para admirar os belos contornos do arquipélago de Fernando de Noronha, sede de uma prisão política. Aquele pedaço maior de terra verde, pontuada por alguns pontos mais altos, trouxe novo alento aos imigrantes.

Adiante quase cento e cinquenta quilômetros, viram surgir o Atol das Rocas, que estendia seu belo círculo azulado como um anel de Poseidon a quem quer que o visse do alto da amurada.

Aquelas paisagens novíssimas tinham, para Ana Sofia, um sabor arqueológico, como se tesouros sob o mar fossem emergir no rastro branco que o navio deixava. As espumas eram perseguidas pelas gaivotas, aves barulhentas que buscavam peixes revolvidos pelo colosso flutuante.

A chegada ao Brasil continental foi saudada como uma vitória e sentida como um alívio. Começando por Natal, depois Salvador, Rio de Janeiro e, enfim, Santos, em breves paradas para descida e subida de passageiros, milhares de quilômetros de costa foram ladeados de norte a sul. Era incompreensível para muitos dos viajantes algo tão extenso, com terras exuberantes cheias de árvores e bichos e gentes. Canoas como que saídas de sonhos ou ainda coloridas jangadas apareciam ao longe, sobre as quais pescadores em pé acenavam ao gigante dos mares. Coqueiros abanavam seus braços verdes e abrigavam crianças alegres e cachorros sonolentos.

Aquilo tudo fora batizado pelos recém-chegados de "o continente". Seguindo pela borda que dividia mar e terra, todos sentiam que um território a ser explorado se abria. Enfim.

A descida final dos passageiros no movimentado porto de Santos coincidiu com um festival de descarregamentos de produtos da Europa, cujas caixas e baús se misturavam às mercadorias nativas vindas de dentro de barcos menores: imensos caixotes com frutas multicores, cachos verdes e dourados de bananas, peixes enfileirados para a feira rápida da manhã. Aquilo era acompanhado por um séquito de pessoas ágeis, em burburinho, quase um frenesi. Para Ana, era também o retorno dos cheiros, das formas e das cores que tanto amava.

Ela se apresentara na recepção dos imigrantes com a falsa documentação francesa, recuperada no fatídico domingo de sua fuga da "Morada dos Pássaros".

Anos depois, com a calmaria do pós-guerra, é que ela assumiria sua verdadeira identidade de judia holandesa.

A recém-chegada foi bem recebida em uma casa de passagem, em uma das ruas perto do porto. Dias mais tarde, conseguiu, com a ajuda de freiras de uma ordem religiosa da França, estabelecer-se em um convento na capital do estado. Então, Ana tomou um ônibus que seguiu serpenteante pela Serra do Mar, levando sua escassa bagagem cheia de livros e de algumas roupas.

Durante muitos meses, trabalhou como professora para pagar sua estadia entre as religiosas. Delas, recebeu cuidados por todo o restante da gravidez. Foram duas irmãs parteiras que ajudaram o filho vir ao mundo. Tê-lo nos braços foi, para Ana, a sensação de ter tornado carne o verbo.

"Um filho", ela pensou, "é a morada das palavras".

Irmã Irene, mais próxima de Ana do que as demais, quis saber:

– Como se chamará o garotinho?

– Júlio.

E respirando fundo, adicionou:

– Júlio Marcelo.

Mas repensou:

– Também gosto de Jerônimo. E de Juliano.

Ser mãe solteira não era de forma alguma uma posição bem vista naquela época. Por isso a madre superiora do convento sugeriu que ela se casasse com um velho senhor, dono de um armazém, viúvo há décadas, ao que Ana Sofia, porém, se recusou sem pensar duas vezes.

Quando se sentiu restabelecida do parto, a jovem mãe foi ao gabinete da madre superiora levando o filhinho nos braços:

– Não quero viver de mentiras, madre. Não adianta eu me casar com um homem que não amo. Posso dar conta sozinha de criar meu filho. Só lhes peço que me permitam continuar por aqui mais algum tempo, ajudando no que for possível.

A outra mulher pensou por instantes e aquiesceu. Então, Ana permaneceu como a discreta residente na edícula aos fundos do convento, ao lado da capela. Sempre com o filho ao lado, ajudava as freiras em atividades de costura e de bordado.

E assim o tempo passou.

Com ele, atenuou-se parte das amarguras e ressentimentos que Ana trazia ao peito.

Um dia, ela decidiu que era hora de deixar a proteção do convento. Estabeleceu-se em uma casinha construída por italianos em uma rua calma, não muito longe do centro da cidade. Trabalhava sempre em casa como tradutora poliglota.

Quando os clientes lhe perguntavam sobre o marido, Ana dizia com pesar que ele havia morrido na guerra, e assim os curiosos se calavam.

A existência da moça judia confundiu-se, nos primeiros anos de seu retorno ao Brasil, à vida do filho, um menino loiro e de pele muito clara, que aprendeu a ler ainda muito pequeno.

Os anos de agruras do nazismo foram ficando para trás. A década de 1950 carregou consigo uma energia nova, musical, de rebeldia sem causa. Também liquidificou desejos, aspirou sonhos, bateu e torceu saudades, e àquela febre consumista Ana, com humor crítico, chamou de "epidemia eletrodoméstica".

A cada dia, porém, ainda que a humanidade quisesse continuar dançando, bebendo, comendo e paquerando, as atrocidades feitas pelos seguidores de Hitler vinham à tona, trazidas à luz em levas de escândalos sobre escândalos, como uma coisa muito ruim enterrada no fundo do oceano e que insistisse em se mostrar. Era toda a altura de um Monte Sinai em vergonhas e ultrajes. Havia até mesmo quem não se permitisse acreditar nos milhões de mortos revelados pela imprensa, tampouco na veracidade dos campos de concentração descobertos.

Ana Sofia soubera, finalmente, por meio de uma carta de registros, que foi em um daqueles lugares malditos que seus pais e sua irmã morreram. O nome do lugar era Auschwitz.

Um dia, um rapaz bateu à sua porta carregando pomposamente um documento que deveria ser assinado por ela. Pela atitude oficiosa, ela adivinhara o teor. Despediu-se do moço e abriu o envelope com rapidez.

Foi assentada em uma pequena poltrona de estampa de abacaxis que ela lera as breves frases de condolência do governo holandês, informando que os documentos de Jeremias, Rute e Ester foram reavidos após o extermínio em massa de milhares de judeus. Naquele momento, ela não sentira ódio, nem rancor, nem raiva, nem tristeza. Estava resignada a não mais temer a vida. Também a não colocar a morte em primeiro plano. E a não chorar os mortos como as viúvas eternas o faziam. Decidira, há muito tempo, ser alegre, apesar de tudo. Porque, se fosse lamentar cada infortúnio que a existência lhe trouxera, a vida seria tédio e fenecimento.

Nos breves períodos em que havia sido professora, os alunos perguntavam como ela escapara dos nazistas. A mulher de vivos olhos então lhes narrava pedaços de sua odisseia e apontava uma tabuinha que sempre trazia consigo na bolsa, onde estava gravado "coragem e alegria". E afirmava que a poesia, na verdade, é que a salvara. De todas as formas possíveis como uma pessoa poderia ser salva.

Ana Sofia viu ainda muitos verões de intenso calor, primaveras amenas, outonos discretos e invernos garoentos na cidade em que escolhera morar. Com o filho, comeu muitas mangas, jabuticabas, uvaias, guabirobas, araçás, cambucis, cocos, seriguelas, ananases, umbus. Viajou com ele por todo o Brasil e por boa parte do mundo. Comprou tecidos bonitos para fazer roupas. E tinha em casa uma enorme coleção de artesanato. Uma montanha de livros. E, o mais importante, fizera bons amigos. Não muitos, mas o suficiente para partilhar uma vida com sorrisos e acenos.

Certa manhã, bem cedinho, eu a vi pela última vez. Ela já era uma senhora nonagenária e caminhava ligeiríssima pela avenida Paulista, provavelmente em busca de uma livraria e de um bom café. Estava embrulhada em cãs e em livros. Abanei a mão de longe, porém, ela não me percebeu.

Ana Sofia nada deixara por escrito sobre sua vida. Não se sentira jamais escritora. Mas tanto narrava a própria juventude a quem quer que estivesse disposto a ouvi-la, que seu romance pessoal se tornara um livro aberto, no qual cada um se sentia à vontade para aumentar, inventar, dramatizar e amenizar as passagens de que gostasse mais. Ela formara, sem o saber, um grupo de ouvintes que se tornaram participantes da narrativa oral e coletiva em torno da judia Ana: um dia menina, outra vez moça, para sempre mulher. E não somente isso: mas também reviravolta, solidão, barco, ilha, travessia, pássaro, montanha e continente.

Ela, bela criatura, era mesmo um continente!

Tempos depois, como acontece com tudo o que a vida cria, Ana Sofia morreu. Recolheu-se na cama em uma noite fria, aconchegou-se sob o cobertor após finalizar a leitura de um livro novo, e não mais se levantou. Ela parecia ter adivinhado sua saída de cena, seu derradeiro capítulo: deixara as coisas arrumadas, as contas pagas, os recados dados, os livros organizados para doação.

Ainda hoje, quando visito seu pequeno túmulo, não levo flores apenas, mas também uma cesta com frutos carnudos e perfumados. Ouço os pássaros nas árvores. Tento acreditar em uma humanidade melhor. E desejo ardentemente a tolerância entre as pessoas.

Em sua lápide, há uma bela estrela de Davi azul abaixo de uma foto sorridente em preto e branco, e um simples epitáfio pode ser lido em vários idiomas: "coragem e alegria".

Era assim, eu bem sei, que ela certamente gostaria de ser lembrada em suas buscas e em seu encanto pela vida.

Esta é a história de Ana Sofia, a moça judia que não desistiu das palavras.

Esta é a história que minha mãe me contou.

Adriano Messias

Ana Sofia, coragem e alegria é uma história totalmente fictícia. Digo isso porque muita gente me pergunta quem essa moça foi de fato. Respondo apenas que ela é fruto de minha imaginação de escritor. Mas sei que você já deve ter escutado alguma história parecida com a dela. Ana é um sopro de ânimo e de alegria para mim. Espero que seja também para você.

Sou escritor primeiramente por um desejo primevo que se fortaleceu aos doze anos. Já escrevi mais de cento e trinta livros, ganhei prêmios e conheci terras distantes em que fui estudar meu doutorado e meu pós-doutorado. Passei pelos países atravessados por Ana e, ao escrever esta obra, auxiliaram-me sobremaneira as lembranças de lugares que conheci, as travessias marítimas atlânticas e o domínio dos idiomas.

Como Ana Sofia, guardo enorme apreço pelos livros e pelas comidas, e tenho um amor especial pela França e pela Espanha, por Andorra e pelas terras catalãs. Paris é eterna luz e surpresa sem fim. Barcelona, um porto seguro e uma terra possível.

Espero que os amores de Ana e a enorme presença da pulsão de vida em minha personagem emocionem você.

Se quiser me falar o que achou do livro, vou adorar: adrianoescritor@yahoo.com.br, @adrianomessiasescritor (Instagram) e www.adrianomessias.com.

Julia Jabur

Meu nome é Julia Jabur Zemella, trabalho e vivo em São Paulo. Sou artista visual e ilustradora, com formação em Arquitetura pela Universidade Presbiteriana Mackenzie. Acredito que o desenho é uma forma de sintetizar e comunicar o mundo, é como uma ferramenta de pesquisa capaz de criar novas realidades. Assim, quando ilustro histórias traço um grande diálogo entre desenho e escrita, com a intenção de complementar e enriquecer o texto. É um desafio instigante para mim.

Com o livro *Ana Sofia, coragem e alegria* não foi diferente! Poder traduzir todos os cenários percorridos, situações vividas e os sentimentos de Ana em imagens foi uma grande aventura!

Este livro foi composto em Old Man Eloquent [títulos],
Baskerville e Chaparral Pro [miolo]. Impresso pela
Forma Certa em pólen bold 90g/m^2, em maio de 2022.